ゴーストタウン

ロバート・クーヴァー

上岡伸雄　馬籠清子 訳

作品社

GHOST TOWN

ゴーストタウン

ゴーストタウン

どんよりした空の下に広がる荒涼たる地平線、平坦な砂漠、セージの茂み、低木、はるか遠くの丘《ビュート》、馬に乗る一人ぼっちの男。ここは砂と乾いた岩々、そして死んだものの土地。コンドルの国。そこを彼は移動している。なぜなら――彼はまさにそこにいて、そこには立ち止まる価値のあるものはないから。引き返しても行く場所もないので、引き返すこともない。丸いフェルト帽の広いつばが頭上の太陽の光を遮り、彼のやつれた顔は陰になっている。周囲の土地と同じ灰褐色で、古くて皺《しわ》だらけの帽子。かつてはおそらく赤かったネッカチーフが首のまわりに結ばれ、彼がかく汗をすべて吸い取っている。干からびた鞍に乗り続け、鞍ずれで体が痛む。くたくたでボロボロのベスト、グレーのシャツ、すそが擦り切れた革ズボン《チャップス》〔訳註：カウボーイが乗馬の際にズボンの上から着用するズボン〕。その下に黒いジーンズをはき、ブーツにそのすそをたくし込んでいる。埃《ほこり》がへばりついている、爪先のとがったブーツ。このすべてが壊れていて、ボロボロで、雨に晒《さら》され、太陽と風で乾き、埃で汚れている。これが彼の作り出す絵だ。砂漠の平原を馬で行く孤独のカウボーイ。頑固に前に進んでいる。台尻が木製の六連発銃をあばらのすぐ下につけ、柄がシカの角でできたボウイナイフをベルトにつけている。そしてサドルホーンからはライフルがぶら下がり、その銃身は彼の相棒である砂漠の影を狙っている。彼の肌は革のようで、日焼けし、周囲の丘と同じくらい年を取って見える。しかし、若造にすぎない。それ以外の者には今後もならない。

いつもこうだったわけではない。かつては山があり、ごつごつとした危険な地形だった。そそり立つ岩や谷、川が荒れ狂うように流れる深い峡谷、愛想がいいとは言えない生物が棲《す》む密林。彼は蛇に嚙まれたこともあるし、クーガーやオオカミの群れに襲われたこともあった。猛吹雪《もうふぶき》、激しい雷雨、凍傷、風焼けを経験し、ブユとイナゴと蚊に襲われ、ハイイログマにも出会い、カメムシの大群をくぐり抜け、矢の傷も受けた。彼のガンベルトには貝殻やビーズが編み込まれた黒髪の頭皮が結びつけられている。ただし、彼は訊ねられてもその出所を言えなかった。ただ、何かが起きた、起きたはずだというだけ。その当時、彼はおそらく誰か、または何かを追っていた。あるいは追われていて、どこか漠然とした脅威を背後に感じていた。当時についていま思い出せるのはそれくらいだ。危険だという圧倒的な感覚、あるいは絶望感。空が暗くなったり、道が細くなって消えていくと、必ずそういう感覚が大気に満ちた。あるとき彼は誰かを埋めなければならなかった。記憶によれば兄弟みたいな男。ただ、彼が掘った穴に横たわる死者は本当のところ死んでおらず、やみくもに動き続け、土を蹴ってどけようとしていた。実は、体をねじったりもがいたりしていたのは彼自身で、彼がやみくもに蹴っていたのだった。埋葬のための穴に横になり、土が顔にかかっていた。しかし、再びそれは彼でなくなり、そこにいる男は突如として穴から這《は》い出そうとして、空気に摑みかかるかのように腕を振っていた。ラードが熱いフライパンで溶けるように肉が骨から滑り落ちていた。そして彼はその場を離れて誰かを追いかけに行き、または追いかけられ、最後にはただ別の場所を目指して進み続けた――そのようなものを見なくて済むように。

それからある日、彼は険しい勾配《こうばい》を登っていた。泡立つ急流に削られた峡谷を下に見て、のしかかってくる力に逆らって登った。目には見えないがほぼはっきりと感じ取れる力――まるで羽ばたく大きな鳥が彼の胸の上で死んでいくかのような。馬が怯《おび》えきった目をして尻込みするので、彼は馬から降りて最後の険しい道を引いて行かなければならなかった。そして谷から出てみると、彼は何もない大平原の真っ只中にいた。そこは何も起きたことがないように見えるが、同時にすべてがすでに終わってしまった――始まる前に終わってしまった――ようにも見える場所だった。そこにありながら、そこにない空間。恐ろしいと同時にありふれた、とてつもなく大きな虚空。この馬が歩く地面は、これだけの広がりがあるのに紙のように薄く、何もないところに広がっているかのようだ。彼はここで世界の終わりを迎えるつもりはないが、世界の終わりが来るような気がしなくもない。

彼が目指しているのは遠い地平線上にある町だ。峡谷から出たときに彼が真っ先に見たもの――そのとき峡谷は彼の背後で消えていった。町はまだそこにある。空の隠された部分への入り口であるかのように縁《ふち》に鎮座している。ときどき緩やかな勾配があるとその陰に消えるが、彼がその頂点にたどり着くとまた姿を現わす。肉眼では――彼の肉眼では――最後に見たときよりもかえって遠ざかったようにさえ見える。後退していく蜃気楼のようだが、実際に蜃気楼なのかもしれない。ときには地平線も見えなくなる。照りつける太陽の光に燃え尽きてしまったか、夜に突如として消されてしまったかで、そうなると町も見えなくなる。彼の目的地は目的地の記憶と言うべき場所になるが、それでも彼は進み続け、町は遅かれ早かれまた姿を現わす。柔らかい紙でできているかのように、そしてその紙を風がはためかせているかのように、ずっと遠くで揺れている。その町が正しくは何と呼ばれているのか彼にはわからないが、知る必要があるようにも感じない。彼が行こうとしている場所というだけだ。

おそらく彼はときどき眠りに落ちているのだが、ここではいつも真っ暗で星が瞬《またた》いているか、太陽が真上にあるかのどちらかのように思える。陽の光は彼にまっすぐに照りつけ、まるで忘却の罪で彼を告発しているかのようだ。こうした真夜中と真昼という正反対の状態が、幻灯機の二つのスライドのようにパチッパチッと変わっていく——彼が目を開け、閉じ、また開けるたびに変わる。見渡す限り何もない平原なので、馬に乗っている限り、大したものが彼に迫って来るはずもない。したがって彼はほとんどの睡眠を馬上でとり、食事もほとんど馬上でする。食事はだいたい古いバッファローのジャーキーの細片に限られている。馬と一緒についてきたもので、タールのように黒くてその半分も味がしない。彼がまたがっている動物のための水飲み場や飼い葉もほしいが、それが手に入る可能性が一番高いのは——実体がないように見えるのだが——地平線上の町だろう。ここにはずんぐりしたサボテンと回転草《タンブルウィード》、乾ききった古い骨くらいしかない。死者にさえ向かない餌である。

その死者が彼に取り憑いている、あるいは取り憑いているように思える。乾いた風に目がついていて、彼の背後から囁《ささや》きかけている。空中に目があるというこの感覚がときどきとても強くなり、彼は鞍の上で体をひねって視線を後ろに向けずにいられなくなる。そしてある日、そのように後ろを向いたとき、反対側の地平線に町があることに気づく。彼が向かっていた町の鏡像のように見える町。まるで彼は一つの町を旅立ち、また同じ町に向かっているかのようだ。大気中の蒸気が生んだ幻想だと彼は考えるが、次に振り返るとまだそこにあり、しかもさっきよりはっきりと見える。後ろの町が彼に迫って来ているのかもしれない。実際にそのようだ。というのも、日が経つにつれ――〝日〟であるとすればだが――彼の前にある町は退いていくのに、後ろにある町は彼に近づいてくる。しまいには後ろの町が馬の蹄《ひづめ》の下に滑り込んできて、彼は前に進んでいるのに、町に追い越されていく。この現象に直面するため馬を反対側に向けようとするが、馬の進行方向は決まっていて、明らかに別の指示を聞く耳は持っていない。通り過ぎていくのは質素な町。人気《ひとけ》がなくて静まり返り、砂漠そのものからできた町のようだ。今にも倒れそうな、ハリボテの正面外観だけの木造家屋が数軒並び、荒涼とした砂漠に街路のような雰囲気を作り出している。その中では何も動かない。開いた窓にレースのカーテンがだらりと下がり、絞首台とつなぎ柱の縄も生気なくぶら下がっている。真昼の太陽の下、酒場のドアの上にある看板は斧の刃のように重く垂れ下がっている。給水桶がのんびりと自分を追い越していくのに気づき、彼は馬を駆り立てるが、追いつくことはできないようだ。埃っぽい道全体がこのようにのんびりと動いていき、彼は町の縁に取り残され、ついに置いていかれてしまう。町はずれから一度呼びかけてみるが、呼びかけてどうなるという自信もない。実

郵便はがき

料金受取人払郵便

麹町支店承認

8043

差出有効期間
平成30年12月
9日まで

切手を貼らずに
お出しください

1 0 2 - 8 7 9 0

1 0 2

［受取人］
東京都千代田区
飯田橋2−7−4
株式会社 作品社
営業部読者係 行

【書籍ご購入お申し込み欄】

お問い合わせ 作品社営業部
TEL 03(3262)9753／FAX 03(3262)9757

小社へ直接ご注文の場合は、このはがきでお申し込み下さい。宅急便でご自宅までお届けいたします。送料は冊数に関係なく300円（ただしご購入の金額が1500円以上の場合は無料）、手数料は一律230円です。お申し込みから一週間前後で宅配いたします。書籍代金（税込）、送料、手数料は、お届け時にお支払い下さい。

書名	定価　円	冊
書名	定価　円	冊
書名	定価　円	冊
お名前　　TEL　(　　)		
ご住所　〒		

フリガナ
お名前
男・女　　　　歳

ご住所
〒

Eメール
アドレス

ご職業

ご購入図書名

●本書をお求めになった書店名

●ご購読の新聞・雑誌名

●本書を何でお知りになりましたか。
イ　店頭で
ロ　友人・知人の推薦
ハ　広告をみて（　　　　　　）
ニ　書評・紹介記事をみて（　　　　）
ホ　その他（　　　　　　）

●本書についてのご感想をお聞かせください。

ご購入ありがとうございました。このカードによる皆様のご意見は、今後の出版の貴重な資料として生かしていきたいと存じます。また、ご記入いただいたご住所、Eメールアドレスに、小社の出版物のご案内をさしあげることがあります。上記以外の目的で、お客様の個人情報を使用することはありません。

際、応答は得られないし、最初からその期待もしていない。彼はまた砂漠で一人ぼっちになる。町は彼の前からゆっくりと遠ざかり、どんどん遠くなって、やがて地平線から完全に消え、夜のとばりが降りる。

☆　☆　☆

砂漠の底にちかちかとまたたく鈍い明かりが見える。まるで腐った星がその正しい場所から滑り落ちたかのようだ。彼はその方向に向かい、消えかけたキャンプファイアにたどり着く。そこに集まっているのは男たちの集団。セラーペ〔訳註：西部の男たちが着用する羊毛の肩掛け〕や馬用の毛布にくるまり、煙草を吸ったり酒を飲んだり、何やらもぐもぐ噛んだりしている。外見からしていかにも盗賊の集団だ。

久しぶりだな、とそのうちの一人が言って、低く燃える炎へ唾を吐く。

人間か？

たぶんな。いや違うかも。棒についた糞みたいなやつだ。

彼はちょうど鐙《あぶみ》の上で立ちあがり、鞍から腰を上げたところだったが、思い直して再び腰を下ろす。ブリキのポットがくすぶる火の縁に置かれ、座っている男たちを真似るかのように火にもたれかかっている。焦げたコーヒーの匂い。その匂いと、糞の燃料が燃えるねっとりした悪臭とが、不快に混ざり合う。

俺にとっちゃどうでもいい、ともう一人が視線を上げずに言う。フロッピーハットの広いつばが、下を向いた顔を覆っている。食うこともやることもできないならな。食うにしてもやるにしても、大してよくなさそうだ。男のカッコをしたプッシーなら別だが。

そう思うか？　それに、このいけ好かない若造は、あそこの毛も大して生えてなさそうだぞ。

こっちに来い、若造。かがんで俺たちに金玉を見せてみろ。

鞍から金玉が落ちてないならの話だが、あまり見せたくはないな。

男たちは無気力に野次り、さらに唾を吐く。何をたくらんでいやがる、若造？　とフロッピーハットの男が炎に向かって訊く。声は太くしゃがれ、虚《うつ》ろで、男が座っている大地の奥深くにある裂け目から噴き出るかのようだ。ここで何をしてるんだ？

べつに。通っているだけだ。

この言葉がまた、どういうわけか男たちみんなを面白がらせたようだ。おや、おや！　通っているだけだと！

そりゃあ、驚きだ！

ボロボロの毛布にくるまった片目の混血男《メスティーソ》が尻を上げ、雷鳴のようなおならをする。すまんな、みんな。いまのは通っただけだ。

進み続けたほうがいいと思い、彼は野生馬《ムスタング》の脇腹を小突く。しかし、馬は頭を下げて厳粛なる拒否の意志を示す。これ以上は進まないつもりのようだ。

じゃあ、ここを通ってどこに行く、若造？　としなびたごま塩鬚《しおひげ》の男が訊く。汚れたストライプのズボン、赤い下着、皺くちゃの山高帽という出で立《いた》ちだ。その横ではフロッピーハットの男が、節くれ立った指に挟んだ薄く黄色い葉で、切り刻んだ煙草を器用に巻いている。

向こうの町だ。彼のライフルはいまやサドルホーンから外され、太腿に載っている。

まさか。

時間の無駄だ、若造。向こうには何もない。

だから、何もすることもない。

向こうに着くことはないのさ、若造。

ゴーストタウンがあるだけだ。

俺は向こうに着いてみせる。

ふん！

できることがあるとすればだな、若造、と赤い下着と山高帽を身につけたごま塩鬚の男が言う。急いで準州を抜けて、家に戻るんだ。素早くな。

それはできない。

できない？　フロッピーハットの男が煙草の葉をなめ、押しつける。なぜできない、若造？　おまえはどこから来た？

どこでもない。

どこでもないところから来るやつなんていない。仲間はいない。

誰にだって仲間はいるさ。

俺にはいない。

そりゃあ、まったく困ったもんだ。男は薄く押しつぶした黄色い管を、張り出した帽子のつばの下に押し込む。それと同時に、醜いのっぽの男が新鮮な嚙み煙草を口に入れ、彼にムスタングの名前を訊く。てっぺんが平らで穴だらけの縁なし帽を被り、もつれた硬い髪が毛織りのシャツに蜘蛛の脚のように垂れている。

そのままだ。

そのままとは？

ムスタング。

くそっ。そりゃあ、名前なんかじゃない。男はブリキのポットに粘っこい唾を吐く。唾はその場で焼けていく。

ほかには必要ない。

俺を怒らせるなよ、若造。馬にはちゃんとした名前があるはずだ。

そうだとしても、馬が俺に自分の名前を告げたことはない。

この若造はやけに生意気じゃないか？

そいつかその馬がな。

いいか、若造。フロッピーハットの男が作りたてのシガリロ〔訳註：細い葉巻〕の前でマッチを擦ろうとしながら言う。たわごとはいい。馬のことなんてまったくどうでもいい。でもな、おまえの名前は何だ？

正しくは言えない。おまえは？

やつは〝終わった爺さん《ダディー・ダン》〟と呼ばれているぜ、とごま塩頭のせむし男が言う。鎖骨へ向かって垂れるベトベトの天神髭《てんじんひげ》が、耳の後ろの不恰好な影を描いた線画のようだ。やつはもう何もしないから、〝終わった爺さん〟ってわけだ。すると、みんながまた苦笑する。

話題になっている男だけは笑わずに、シガリロに火を点ける。

じゃあ、その惨めな生き物から下りて、こっちでちょっと俺たちと座らないか、と片目の混血男《メスティーソ》が笑みも浮かべずに言う。

彼は無表情に男たちを見つめる。次にどうなるかはわかっている。その確信がどこから来たのかはわからなくても。

なあ、と痩せて顎《あご》が歪《ゆが》み、いぼだらけの鼻をした男が言う。この若造は、あまり友好的じゃなさそうだぜ。

そのいまいましい生き物にすっかりはまっちまって、動けないようだ。

そいつにつながれちまっているようだ。

いいか、若造。俺はおまえに訊いているんだ、とフロッピーハットの男が言って、ほんの少し背筋を伸ばす。広いつばの下にできた空虚な暗闇に、シガリロの先が光るのが見える。両手を鉤爪《かぎづめ》のような形にして、膝の上に置いている。

カウボーイは鞍の上で身動きしてバランスを取りながら、指をライフルの銃床に沿って引き金までじりじり進めていく。静まり返る中、鞍がかすかにきしる。彼の下で、突然ドアが開くかのような音。それにはもう答えたぜ、爺さん、と彼は言う。

誰も動かない。長く恐ろしい静けさの中、どこかでオオカミが吠える。星たちがパラパラと降り、ポンと投げ捨てられた煙草の吸いさしのように、ドーム状の暗闇に筋をつけていく。そして、それも消えるとすべてが止まる。星に酔ったような静けさがあまりにも長く続き、永遠に続くような気がしてくる。時間が星たちを見捨て、そのすべてを石にしてしまうかのようだ。カウボーイの下では馬が強張《こわば》って冷たくなり、彼は自分の心臓も徐々に動かなくなっていくのを感じる。その中で、彼の両手だけに動きが残っている。襲ってくる麻痺状態と戦いながら両手を使い、彼はライフルの銃身を上げてフロッピーハットの男を撃つ。男の胸で一撃が炸裂し、帽子が飛び、シガリロが口から落ち、体が砂漠の底に向かって後ろに放り出される。すると、いくぶん緊張が緩む。ムスタングは彼の下で鼻を鳴らして身動きし、空は再び回り始める。男たちも彼を注意深く見つめつつ、いくぶん活気を取り戻す――噛み煙草を噛み、唾を吐く。

やっちまったな、若造、と蜘蛛の脚のような髪をした醜い男がぶつぶつ言う。

彼はライフルを太腿の上に戻す。俺のせいじゃない。やつが銃を抜くべきだったんだ。

くそっ、やつは銃を持ってすらいなかったんだぜ。

やつは目が見えないんだ、若造。じっと見つめはするけどな。

見えなかった、過去形だ。

彼が撃った男は砂漠の底にだらしなく腕を広げて横たわり、両目で夜空をじっと見上げている。彼が見てみると、その目は二つの月のように白い。

銃も持たず目も見えない爺さんを、おまえは撃ったんだぞ、若造。どう弁解する？

彼は馬を死んだ男のところまで歩かせ、鞍に座ったままかがみ込む。そして、落ちているシガリロを拾う。結局のところ、彼が思ったような盗賊ではない。保安官のバッジをつけている。星型のバッジは彼にライフルで撃ち抜かれ、血で黒ずんでいる。たぶん、彼は男たちみんなを撃つべきなのだ。おそらく、男たちもそうすると思っている。しかし、彼は吸いかけのシガリロをひび割れた唇の隙間に押し込み、吸って火を取り戻す。そしてちらりと振り返りもせず、うんざりするようなやり取りをやめ、ゆっくりと馬で去っていく。

☆　☆　☆

正午。長いこと彼から逃れ続けてきた霧のような町の大通り。それがいま、とぼとぼ歩くムスタングの蹄の下に滑り込んできている。まるで、機械の故障が急に修理されたかのようだ。通りには、ボロボロになった灰色の木造家屋が、無限の荒野と睨み合うかのように並んでいる。人気がなく静まり返っていながら、かすかに聞こえるこだまで満ちている。遠くでぶつぶつ言う耳障りな声が、おそらく砂漠の熱い風で町へと掃き集められるのだ。

このおしゃべりな風に吹かれて、酒場の看板がとりとめなくキーキー鳴る。つなぎ柱の横木にかかった縄は、ほつれて虚しく回る。開いた窓ではレースのカーテンがはためく。埃の粒が集まって軽やかな渦となり、後ろ手に縛られて吊るされた男たちのように、通りでダンスをする。埃の渦はすぐに崩れ去るが、またすぐに集まっては渦巻き始める。

彼は馬から下り、壊れた車輪のついた古い軽四輪馬車の脇を通って、馬を給水桶へと連れていく。ブリキの空洞には乾いた埃が入っているだけ。曲がったポーチの柱の向こうに、錆びたハンドルがついた井戸のポンプがある。押してみても、何の手応えもない。死んだ男の骨を振り動かしているような感覚だ。頭上にある酒場の看板の下には、〝部屋〟と書かれた小さな板が紐《ひも》で結びつけられて下がっている。しかし、彼が最も注意を引かれるのは、戸口の上に掲示された〝冷たいビール〟の荒っぽい文字だ。ライフルを手に、彼はスインギングドアを通り抜け、酒場の濃い暗闇の中へと歩いていく。何が起ころうと準備はできているが、何も起こらない。そこは暗くて人気がなく、外よりも暑い。倒れた椅子やテーブル、壊れたランプ、埃のこびりついた空のボトルが散乱している。しかし、喉を潤《うるお》してくれるものは何もない。脚の一本が崩れ落ちた古いグランドピアノが部屋の片隅に鎮座し、並んだ黄色い歯をにんまりと大きく剝き出しにしている。切れたピアノ線は逆立った髪の毛のように荒々しく突き出ている。蜘蛛の巣だらけの階段は、どうも宣伝されている上の部屋へと続いているらしい。しかし、保証はない。ここでは低くつぶやくような声がひどくなっている。ガラスが粉々に割れた窓を通して、風が吹き込んでいるのだろう。彼は照りつける陽の光の中へぶらぶらと戻っていく。板敷きを踏みしめるブーツの下で、砂がザクザクと音を立てる。

彼の馬は町の端に移動していた。頭を下げ、尻を風上に向けた姿がはるか彼方に見える。おそらく水を探しているのだ。彼はそちらに向かいつつ、ある古びた木造家屋、その古風な窓にペンキで書かれた文字へと注意が逸れる。〝損害賠償調査事務所〟。ドアは蝶番《ちょうつがい》からだらりと垂れ下がっている。中に入ってみると、カウンターの後ろに木製の回転椅子と蛇腹の蓋がついた事務机があり、長年積もった分厚い埃に覆い尽くされている。カウンターの上にはトランプの山。〝おひとつどうぞ〟と書いてある。そこで、取ってひっくり返してみる。ごく普通のトランプの束だが、絵札のそれぞれにインクで手が加えられている。彼はポケットにスペードのジャックを入れる。そして、残りのトランプを机に投げて埃を舞い上がらせると、通りへ戻っていく。

ムスタングはどんどん遠くへとさまよい歩き、ほとんど見えなくなっている。彼は口笛を吹いて呼び戻そうとするが、口は乾ききっている。そこで、小声で馬を罵《ののし》りつつ、もう一度追い始める。埃っぽい風に帽子のつばが強く引っぱられ、ときたま短く吹きつける突風にボロボロのベストがはためく。彼が進み、馬も進み続ける。まるで馬が彼をこの場所から吸い上げようとしているかのように。あるいは、困難へと吸い込もうとしているのかもしれない。彼はこの焼けつくような通りを大股で歩きながら、自分をはるか上空から眺めるように観察してみる。見捨てられた銀行、酒場、金物屋、服屋、食料品店、馬小屋、売春宿。これらが砂漠の底に並んでいて、書き取り練習用の石版の上に引かれた二本の平行線のように見える。彼はその線のあいだを、輪を描いたり横切ったり点を刻んだりしながら進んで行く。しかし、書かれたものは何の意味も成さない。こうして高い視点で見ているうちに、彼はある保安官から大昔に言われたことを思い出す。ここで生きるなんてクソみたいなもんだ、若造。おまえのモノで砂に何か書いたって、風が吹いちまったら何の意味もないのと同じさ。それを知りつつ苦しみながら進み続けるなんて、まったくのばかだ。実際、気のふれたやつさ。でも、そんなクソみたいなこと、無駄や愚かさやまったくの狂気に立ち向かって進み続けること――それは、いいか若造、それはとてつもなく崇高なんだ。

この気高い視点からの眺めは中断され、彼は一瞬にして地上に連れ戻される。自分自身の両目の後ろに戻るのだ。すると、両目の前――町の中心からかなり離れた家にある、埃のこびりついた窓の後ろ――に、美しい女が現われる。とても色白で、黒い髪をきっちりおだんごにまとめ、全身真っ黒の装いだ。窓越しに彼をじっと見つめている。まるで、彼に判決を下すか、彼を熱望しているかのように。彼は立ち止まる。突風の吹く通りの真ん中でライフルと帽子をしっかり摑み、窓枠にはまった彼女の容貌、その神聖なる純粋さに釘づけになっているのだ。夢見た何かが現実になっているかのよう。しかし、ぼうっとしながら彼女に歩み寄っていくと、彼女は視界から消えてしまう。彼は窓にたどり着き、ガラスに顔をつけ、手をカップ状にして日よけを作りながら中を覗き込む。無味乾燥な部屋には、いくつかの長い小型のテーブルと、脚が切り落とされた一ダースの背もたれつきの椅子がぽつぽつと置かれている。使われなくなってだいぶ経っているようだ。女の姿はない。女が存在するとしての話だが、どうやらいないようだ。彼の頭の中でブンブンうなる音が、実際は気まぐれな風によって運ばれてきたのではないのと同じこと。彼を苦しめているのは、あのいまいましい太陽だ。最初に馬で来たときと同じで、太陽はいまでも真上にいる。

いまでは馬の姿もない。また一つ幽霊のような埃の悪魔がやって来ては、彼が馬を最後に見た場所へと去っていくだけ。まったくの孤独の中、どこから来た発想なのかはわからないが、馬は盗まれたのかもしれないと彼は考える。あるいは、馬自身がそうなるがままにしたのかもしれない。しかし、彼はそのつむじ曲がりの生き物が、酒場の脇、軽四輪馬車の近くに戻っているのを見つける。また空っぽの給水桶に鼻を押しつけている。彼が見ていないうちに、くるりと回って戻って来たに違いない。呼びかけると、馬は驚いた様子で彼を見上げ、そして再び顔を背ける。いまではブーツで痛む足で歩いて、彼は馬のところへ戻っていく。しかし、風が一瞬吹き荒れ、通りを舞い上がる埃の幕で覆ってしまう。それがおさまると、馬はまた消えている。その代わり、日に焼かれた彼方の地から、四、五人のカウボーイたちがゆっくりと馬に乗ってやって来る。蹄の下で埃が小さく爆発するように跳ね、その一団が黒い雲に乗って接近してくるかのように見える。男たちは酒場の前で静かに馬を止め、自分たちの影の中へと降り立って、馬をつなぎ柱の横木に結びつける。しかし、木製の歩道を歩く男たちのブーツの足音は聞こえない。まるでガチョウの羽根の上を歩いているかのようだ。男たちはスインギングドアを通って酒場の中に消える。いいことなど何も起こり得ないと充分わかっていながら、彼は男たちに続いて中に入る。

☆　☆　☆

酒場では、男たちがぽんと肩を叩き合い、サイコロ賭博をし、酒を飲み、笑い、喧嘩をしている。ぼんやりとした騒音の中、いろいろな音が聞こえる。トランプをぴしゃりと軽く打つように切る音。痰壺《たんつぼ》を外れたときのピュッ！　シュッ！　という音。ルーレット盤がガタガタカチッと鳴る音。もう一枚、と太った男が言う。大きな口髭を生やし、麦わらのカンカン帽を被っている。そして、握りしめた拳でテーブルの上のトランプをトントン叩く。ビールが注がれる。片耳が切り落とされる。白いシャツ、黄色のサスペンダー、そして黒い紐ネクタイという装いの痩せた禿《は》げ頭の男が、グランドピアノでメロディーを大きく響かせている。ピアノには胸の大きな女がもたれかかっている。ルージュをしっかり塗って、いかしたオレンジ色の髪をカールにし、いい娘が悪い娘になってしまったという内容の歌を歌っている。彼が今日会った誰かのような全身真っ黒の装いだ。しかし、ブラウスには深紅色のフリルが、ピアス穴の開いた片方の頬には黒子《ほくろ》のようなルビーのピンがついている。黒いリボンの上に盛り上がる、白粉《おしろい》をつけた両胸のあいだには、金のように光る真鍮《しんちゅう》の鍵がぶら下がっている。カンカン帽の太った男がパンチをくらい、ピアノ奏者のほうへ後ろ向きに吹っ飛ぶ。ピアノ奏者は左手で演奏を続けつつ、右肘を上げて強打を繰り出し、太った男は壁へと頭から突っ込む。壁を突き抜けそうな威力だ。その頭上には〝ここは不正のない家《ハウス》〟の掲示。ほかのトランプ仲間たちが、太った男のポケットから儲けを盗み出して分ける。

あのせむし野郎を殺してやる、と誰かが彼の耳に囁く。

誰――？

おまえの番だぜ、相棒。

銃声が聞こえ、どこかで馬が突然の恐怖に怯えたようにいななく。

ちくしょう、牧師！　俺は本気だぜ！

黙って金を置きやがれ、このへぼ爺《じじ》い！

よし、二倍賭けてやる、ばか野郎。じゃあ、続けろ！

サイコロを振るのか、若造、それとも食っちまうのか？　と彼は訊かれる。怒った男たちは小さな輪となり、顔に生えた野蛮な毛の奥から彼を睨みつけている。男たちのあばたのある鼻が石油ランプの下で輝く。

彼が欲しいのは一杯のビール。潤いをもたらしてくれるものなら何でもいい。しかし、彼の片手が握りしめているなめし革のカップに入っているのは、一組の象牙のサイコロのみ。酒場の向こうでは、あの歌手が不運なギャンブラーを嘆く歌を悲しげに歌っている。体のあらゆる部分を賭けては、一つまた一つと失っていった男の歌。彼がカップのサイコロをカラカラと鳴らす。彼女は今夜傷心の身だぜ、と誰かが後ろで言うのが聞こえる。おそらく特別に熱くなって、楽しませてくれるだろうよ、と別の男がしみじみと言う。わかるか？

ちょっと待て、若造。斜視でよれよれの髪の毛の老人が警告する。彼が着ているコートはギャンブラーにお馴染《なじ》みの膝丈の黒いブロード地だ。ここでのおまえの賭け金は？　ほかには何もないため、彼は自分の帽子を投げ落とす。そして、もう一度カップを振り、天性の才能で全員の帽子を勝ち取る。ぶつぶつと文句を言う声が聞こえる。老人がいぶかしげに顔をしかめながら、近くのコーナーでサイコロを転がす。と同時に、ベストのポケットに押し込んである黒檀の柄のデリンジャー式ピストルに指をかける。

彼は親指をベルトに引っかけ、ピストルに手が届くようにする。もしものときのためだ。ビールのための帽子は？　と彼が訊く。その言葉に男たちみんなが鼻を鳴らし、うんざりしながら彼に帽子を投げる。

そのあいだ向こうでは、ピアノの後ろ、ゆっくりと大型のルーレット盤が回るあたりで騒ぎが起こりかけている。耳を切り取られたあの男だ。おまえのうるさい口にはうんざりだぜ、と男が怒鳴る。頭の片側からは、崖の表面を落ちていく滝のように血が流れている。そう言われ、目の下がたるんだ混血男が痰壺に粘っこい塊《かたまり》を飛ばして言う。本当のことばかりだからな。すると片耳のない男が、自分の責任ってことだぜ、と言ってズボンから小ぶりのピストルを抜き出し、混血男の大きな茶色い鼻に突っ込む。しかし、引き金を引く寸前に、禿げ頭のピアノ奏者が立ち上がって頭突きを食らわす。主要部から導入部に戻る寸前、長く危ういビートが入るあいだの出来事だ（女はいまではある伝説的なヒーローについてのラヴソングを歌っている。その男は旅回りの早撃ちの名手に突然殺され、〝天国に行った。彼の大きな爪先のとがったブーツに祝福を〟）。片耳の男の頭が素焼きのボウルのようにパカッと真っ二つに割れる。そして床に倒れると、こぼれたオートミールのように脳みそが流れ出す。その頃には次の導入部が始まっていて、ピアノ奏者は椅子に戻っている。誰もこの出来事に大した注意を払わない。

戻ってきて、カウボーイ。そして前みたいにやってちょうだい、と女性歌手《シャンテューズ》がうめき声をあげる。しかし、その言葉は煙で汚れた天井へと向けられている。彼女はいまでは大きなピアノの上で体を伸ばし、酒場の男たちは列を成して、彼女にお相手してもらう順番を待っている。その押し合いと酒場の真珠のような光を通して、彼女が着ている黒いペチコートと黒いズロースが見える。ズロースは小刻みに動く片方の足首にだらりと垂れ下がっている。

ここでは未亡人の喪服が流行のようだな、と彼は酒場の主人に向かって親しげに言い、乾ききった唇に無理やり微笑みを浮かべる。

酒場の主人がぶつぶつと言う。ああ、いつもそうだ。酒場の主人は痩せたのっぽの男で、ベトベトの硬い髪が肩まで届いている。醜い昆虫がそこに立って、腹を頭のてっぺんに載せているように見える。で、何にするんだ、よそ者？

ウィスキー。ダブルで。それは彼が欲しいものではまったくない。たまらなく欲しいのは数ガロンの水だ。しかし、彼にはここで得られるものと、おそらく無理なものとの判断がついている。

のっぽで醜い酒場の主人が彼を上から睨みつける。両手をカウンターの縁にしっかり置き、怪訝《けげん》そうに首をかしげて、髪の房を歩かせるように揺らす。ああ。彼は酒場の主人にてっぺんが平らな穴だらけの黒い帽子を差し出す。老人から勝ち取ったばかりの帽子だ。あらゆるダメージにもかかわらず、勝ち取った中では最高のもの。しかし、酒場の主人はそれを払いのける。恐ろしいほどのすさまじい乾きが喉に広がり、彼は自分のどんな持ち物でも交換するつもりになる。武器でも馬でも。馬はまだ近くにいるだろう。ふと、彼は損害賠償調査事務所から取ってきたトランプのことを思い出し、カウンターの上にピシャリと置く。

突然、静けさが訪れる。酒場の主人は後ろに一歩下がり、両手を脇に落とす。ピアノの上の女は、黒いスカートを腰にまとわりつかせながら身を起こす。男たちはこそこそとズボンを引っ張り上げる。ピアノ奏者は両手を膝に置いて石のように硬くなって座り、彼をじっと見つめる。賭けトランプ《フエロー》やサイコロ博打やスペイン風賭博かるた《モンテ》をやる男たちのように両手を構える。後ろでは、背の高いルーレット盤がゆっくりと終わりなく回りながら、キーキーカチカチと音を立てる。

あの若造は誰だ？　そう囁くのが聞こえるが、誰の唇も動いてはいない。

早撃ちの名手ってとこか。

そう思うか？

ベルトからぶら下がっているインディアンの頭皮を見てみろ！

でも、やつはただのガキだ。それに、ピストル一挺しか持っていない。

見たところはな。

ライフルもだ。ナイフが一本に……。

虫の腹を載せたような髪の酒場の主人は、半フィート縮んだように見える。ダブルのショットグラスをカウンターに置く手は震えている。そして金歯を剝き出しにして神経質な笑みを浮かべながら、ウィスキーをたっぷり注いで溢れさせる。しかし、そのグラスは彼が取り上げる前に倒されてしまう。それをしたのは脳みそを垂れ流している片耳の男。また立ち上がっているのだ。そのトランプをどこで手に入れた、よそ者？　と訊いて極度の静けさを破る。頭上にかかるガスランプの下で、前へ後ろへと不規則に揺れている。その黒い片耳のジャックをどこで手に入れた？　みんなが二人を見つめる。注目を集めるつもりはなかったが、集めないわけにはいかないようだ。そいつをよこせ、若造。そのトランプをよこせ。

彼は肩をすくめる。ふん、俺にはどうでもいいことだ。ほら、こんなものくれてやる。ちくしょう！　と男は割れた顔の両側を怒りで真っ赤にしてわめく。短剣が取り出され、黄色いランプの光の中で刃がきらめく。俺はその黒いジャックをよこせと言ったんだ。

だから、俺はくれてやると言った。

そのすごいトランプをくれるよな、若造。さもなきゃ、おまえを殺すぞ？

なるほど、と彼は言い、様子を見て取って身構える。男は剝き出しの脳みそを灰色のカスタードのように揺らしながら、短剣を手に彼へと突進する。彼は一撃をかわす。短剣は彼のボロボロのベストを切り裂き、袖ぐりから裾までを細切りにする。彼はボウイナイフを抜き出す。そして片耳の男が再び前のめりになる際に、刃をぐさりと腹に沈める。男は後ずさりし、驚き混乱した様子で自分の腹から突き出たシカ角の柄をじっと見下ろす。腹はゆっくりとその柄を飲み込み、とうとうすっかり消えてしまう。柄が中へ沈んで行くにつれ、ナイフが開けたシャツの穴さえも勝手に元通りになっていくようだ。男は頭蓋骨の割れ目あたりから彼を見上げ、引きつった笑いを浮かべる。そして彼をあざけるかのように口を開け、泡だった血を吐き出すと、白目を剝いて仰向けにひっくり返る。血が口からちょろちょろと流れ続ける。すると、男の唇が開き、ナイフの柄がゆっくりと堅い舌のように現われる。酒場の男たちはまわりに集まり、ナイフが押し出されるのをじっと見つめる。腰を曲げてぐっと近寄り、まるで柄の溝を流れる血が示すメッセージを解読しようとしているかのようだ。彼に差し出されているのはある種の贈り物、または挑戦。彼はそれを受け入れる。ナイフを摑み、男の両唇のあいだから取り上げる。簡単ではない。木に深く食い込んだナイフを引き抜くようなもので、男はそれにしゃぶりついている、あるいはそれを嚙みしめているかのようだ。刃を引き抜くと噴水のように血が吹き上がり、群がっていた男たちは息を吞んで後ずさる。彼は死んだ男のフランネルのシャツで血を拭き取り、ナイフをベルトにしまい直して、再び酒場の主人のほうを向く。主人は彼に、黒いベルベットのリボンに通した輝く真鍮の鍵を手渡す。そして、顎で階段の上を指し示す。結構だ、と彼は言い、手にした鍵を返す。一杯くれればいい。しかし、酒場の主人は消え、カウンターもまた消えている。彼が突き出している鍵がドアの錠へするりと入っていく。

☆　☆　☆

部屋の中にある錦織のかかったテーブルで彼を待っているのは、背の高いマグに注がれた冷たいビール。皿には揚げたコーンブレッドに載せたエッグアンドビーンズもある。とてつもない生理的要求に駆られて歩いたまま詰め込むと、それらは空気のように彼の体内に落ちてしまう。それでいて、欲求とはいかなくとも、少なくとも不安はいくらか取り除かれる――不安の中からこんなご馳走が現われ、さらに出てくるのかもしれない――そして、鞍の上で振動を受け続けた背骨が、糸を外したヴァイオリンの弓のように緩むのを感じる。部屋には彫刻をふんだんに施した家具――この土地のものではない――キルトと派手な上掛けで盛り上がった高い頭板つきのベッド、ざらざらした壁を隠す繻子《しゅす》のような紙、開いた窓辺で蝶が舞うようにはためくレースのカーテンがある。蝶！　彼は剛毛が生えている日焼けした顎をさする。ちくしょう。砂漠に入って以来、あの特異な生き物について思い巡らすことはなかった。吐き気を催すようなことが続いていたから。無限とも思える長い時間だったから。

手塗りの着替え用衝立《ついたて》の後ろには木製のバスタブがある。泡だった湯でいっぱいだ。彼のためのものに違いない。ここにあるほかのものすべてと同じように、ベッドもタイミングよく現われ、頭板が酒場のハリボテの正面玄関のように彼を招き寄せる。彼は編んだ髪のついた頭皮をガンベルトから外して置き、ベルトと銃とナイフもテーブルの上に載せる。ライフルはすでにテーブルにもたれかかっている。そして、背もたれの高いフラシ天の椅子に座ってブーツを脱ぎ始め、とてつもない臭いが漂う中、口で呼吸をする。そこにあるオーク材の枠のついた鏡の前に立ち、彼は残りのものを体から剝ぎ取っていく。ズタズタのベスト、古いグレーのシャツ、革ズボン《チャップス》とジーンズ、かつては下着だった臭く見苦しいボロ布。鏡の中で影を作る帽子の下にいるのは、痩せて潰瘍《かいよう》だらけの生き物となった彼自身だ。かさぶたと傷跡に覆われ、全般的に言って不健康極まりない姿を晒している。しかし、その姿を彼が以前目にしたあの黒髪で色白の未亡人も見ている。いま、彼女は鏡の中で彼の後ろに立ち、彼の剝き出しの姿を静かな畏怖と哀れみの眼差しで見つめているのだ。

彼は彼女と向き合おうと振り向くが、そこには誰もいない。部屋は人気がないままだ。どういうわけか、彼にはそれがわかっていたのだが。

彼は首のまわりから汗で黒ずんだ赤いボロ布をほどき、広いつばの帽子だけを身につけたままバスタブに足を入れる。解放されたばかりの足は、蒸気を上げる湯に心地よくほぐされ、バスソルトに和《やわ》らいでゆく。バスソルトのいい香りは遠くの土地、花々が育っている、あるいは育っていた土地を物語る。それでおそらく、さっきは蝶が奇妙にも心に浮かんだのだろう。彼はしばらくそこに立って足が膨らんでいくがままにし、新しく見つけた恵みに浸る。そして、しゃがんで鞍で打たれ続けた尻と陰部を熱に慣らし、ついに顎までどっぷり浸かる。瞼《まぶた》が目を覆う鉄のシャッターのように下がり、じっと見つめる眼差しは、内側のより柔らかな感覚へと向けられていく。その感覚が、家族が突然抱き締めるかのように、彼をすっぽり包み込む。

いい香りの湯は完全に静まっているわけではない。彼が入った際にかき回され、彼のまわりで渦巻いているようだ。ちょうど、温泉が流れ込んでさざ波立つ小川、彼を綺麗に洗いつつ自らも浄化する小川に浸っているかのように。彼は浮き上げられ、流れのマッサージを受け、頭から足まで泡で撫で回されているように感じる。まるで水の精かインディアンの王女の手の内にあり、あらゆる繊細な部分に触れられて、痛みが甘い喜びへと変わるかのようだ。自然の生き物たちが水による癒しの術に長《た》けているように、あるいは彼がそう聞いているように、腕がいい。彼は目を開けようとするが、できない。そこで、絹でされるような愛撫に身を任せながら、こういうことのようだ、いやきっとそうだ、などと考えて愛撫を受け止める。彼がやってきた、そして見てきた殺害のすべては、こうやってあっという間に洗い流され、すぐに忘れられる、あるいはほとんどそうなるのだ。体にあるあらゆる穴をこの優しい行為——彼女の優しい行為（彼は水の精やインディアンの王女のことを考えている）——に晒そうとして、彼は湯船の中で回転する。すると、湯が液体でできた太腿になったかのようにたっぷりと湧き上がるのが感じられる。彼が回転するたびに湯も回転し、太腿のあいだのスポンジのような部分や濡れた唇がキスをしてはくすぐり、彼の体だけでなく、心と魂をも裸にして浄めていく。彼本来の体のように浄く、彼女の体のように浄《きよ》く。そして、泡のように柔らかな裸の胸が、湯の流れに乗って彼を優しくこする。この水の世界には、未亡人の喪服など存在しない。服などまったく存在しない。というのも、彼のように、そして快適な気候のこの幸福の谷にいるあらゆるもののように、彼女はいつも裸であたりをじっと見つめているからだ。聞いた話によると、黒い髪に編み込まれた貝殻やビーズ以外は一日中何も身につけない。彼がいまいるこの場所では、すべてが愛と自然とに調和しており、情熱において真実で、ぴったりで、自然なものすべてが適切かつ合法なのだ。彼女が静かに色っぽく同意しつつ、彼に教えているように。

そんな場所に彼はどうやって来たのか？　おそらく道に迷ったか、軍隊によって送り込まれたか、保安官に追われたか、秘密の宝や自己認識を探す目的で出かけたか。あるいは、捕まってこの見知らぬ土地に引きずって来られ、身ぐるみ剝がされ、縛られ、拷問され、砂漠の底に大の字にされて殺されそうになり、けれども危機一髪で偉大なる酋長の一人娘に救出されたのか。彼女は彼の死刑宣告を受けた体に自分の無垢な体でまたがり、ひざまずいた姿勢で思いやりたっぷりに嘆願しながら父親の手を押さえている。彼女はチリンチリンと鳴る貝殻とビーズを身につけているだけだ。それは、これまで見たことのない珍しい光景だったので、彼は究極の状況にもかかわらず、最も深遠なる興奮に目覚めてしまう。

その証拠が、みんなの驚いた目の前で、不毛の平原に直立する敵意剝き出しのトーテムのように立ち上がる。すると、そのことで部族の男たちには逆の感情が目覚めてしまう。男たちみんなが激しい怒りを抱いている中、一人の勇気ある若者——彼女の兄弟の一人か、求婚者か、あるいはその両方か——が、憎むべきモノを切り落とすためのトマホークを手にして、ためらいがちに歩み出る。美しき異教の王女は、彼のモノを破壊から救おうとして、あるいは単に視界から隠そうとして、そのうえに串刺しになる。突然の痛みに叫び声をあげ、赤褐色の背中をアーチ形に反らせ、彼の股間に熱い血の流れを滴らせる。彼が思うに、これは洗礼のような恵みであり、甘い救済なのだ。ピンで留められた状態の彼の体は、うねり立つ啓示のように、沸き立つ液体を彼女のしっとりとした内部へと喜んで放出する。いまやしょうがない。彼は自由の身になり、それでいて自由ではないのだ——彼らの仲間にされたのだから。

部族との生活。それは川が河床を伝って流れるように自然に続く。この牧歌的な荒野での生活は常に調和の取れたものだが、常に痛みを伴わないというわけではない。彼に部族の模範的なやり方を手ほどきするために、新しい兄弟たちは顔蹴りや火飛ばしや矢かわしのゲームを彼と行なう。彼にスカンクオイルをこすりつけ、一週間水も食べ物もなしで炎天下に逆さ吊りにし、ガラガラヘビと一緒に籠に入れる。尖らせたタカの尾羽で陰嚢を突き刺し、指の一本を切り落とし、体長二メートル超のクロクマと真っ裸で取っ組み合わせるために送り出す。兄弟たちは自分の傷跡や切断の跡を見せ、彼はいじめられているわけではない、すべてはただ楽しみのためにやっていて、これは部族の無邪気な生活の一部なのだと伝える。頭皮剝がしの術について教えながら、兄弟たちは彼に練習用の野生のコヨーテを渡す。しかし、毛の生え際にナイフを差し込もうとする前に、その頭皮の持ち主を殺すのがたいていの場合賢明だというのを彼に伝え忘れる――これは彼が二本目の指を失った瞬間に学んだ教訓だ。それを知らなかった結果、硬く無表情ながら注意深く見ている異教の兄弟たちに、彼はさらなる楽しみを与えることとなる。

ここではすべてが喜びか最悪かのどちらかで、彼が理解する限り、それが部族の宗教の本質だ。例えば、大量虐殺か何かの生き残りとして養子となった白人の赤ちゃん。彼自身が捕らえられた虐殺かもしれないが――もしも捕らえられたのならだが――部族のお気に入りのおもちゃとなる。しかし、疝痛《せんつう》のために泣き叫び、インディアンの娘の父である首長の眠りが妨げられるようになると、彼に指名がくる。その大声で泣き叫ぶ生き物の足を摑んで木に向かって振り回し、小さな脳みそを叩き出せと言われるのだ。これは、部族が彼にやれと命じる仕事の中でも、楽なほうである。例えば、それに比べて大変なのは、バッファローの皮剝ぎだ。重い獣皮に保存処理を施し、それを縫って円錐形のテント《ティピ》のカバーや服や死者のための経帷子《きようかたびら》にする。骨からはナイフや矢じりや鍬《くわ》やサイコロを作る。脂肪は石鹸に、舌はヘアブラシに、第一胃はバケツに、腱は弓の弦やティピ用の糸に、そしてえぐり取った陰嚢は手でカタカタ鳴らす楽器にする。これらすべてについて、部族が特有の忍耐と自制を通して彼にやり方を教えるのだ。同じように、どうやって喉を切り裂くのか、動物の霊魂を体現するのか、野生のムスタングを飼い慣らすのか、犬の鼻水を拭くのか、どうやって発情した雄のヘラジカから借用した歌を魔法の笛で演奏して思い人に求愛するのか、自分の腋の下から取ったシラミの卵を食べるのか、といったことも教える。

その間、若いインディアンの娘は彼をあからさまに、自由に愛する。純粋で、まったく天真爛漫な愛。彼女が生まれたこの土地に、彼が出てきた文明世界の邪悪さがないのと同じだ。文明世界が邪悪なのは、彼からにじみ出る青白さや、彼がテント小屋のエチケットを恥ずかしいほど知らないことからも明らか。彼女は彼に食事をさせ、彼を風呂に入れ、兄弟によって負わされた彼の傷の手当てをし、彼の裸の体を角のついた帽子や生皮の紐がついた銀のペンダント、クマの鉤爪で作ったネックレスなどで飾る。そして、彼を自らのあらゆる穴へと気前よく受け入れる。彼の腹痛をザゼンソウや野生のミントで治し、彼の耳垢を吸い出し、彼を占う。彼の手や目、死んだアナグマのはらわたを覗き込んで、予言をするのだ。多くの月が通り過ぎたあと、彼の古い人生がもう一度彼を招き寄せるだろう。

そして、彼は彼女や新たに見つけた兄弟姉妹を捨て——彼女にもっと悪いことが起こらない場合は——彼女を失恋による死へと追い込むだろう。彼はこの予言を信じず、教わった通りに胸を叩きながら彼女にもそう伝えるが、どういうわけか、予言が真実であることを知っている。

しかしながら、まず二人は結婚しなければならない。彼としては、すでに結婚したと勘違いしていたのだが。この行事の準備には特別な浄化の儀式が必要とされる。〝遍歴の花婿のダンス〟として知られているものだ。呪医の男が彼の両方の乳首に穴を開け、その穴を生皮の縄がついた木製の釘で串刺しにする。その後、彼は釘がはじけ飛ぶまで縄をつけたまま踊らされるのだ。釘がはじけ飛ばない場合、男たちは呪医の小屋の中央にある柱に彼を吊るし、彼の足首とモノはバッファローの頭蓋骨の重みで垂れ下がることになる（兄弟たちが同情を込めて頷き、にこりともせずにウィンクしながら彼に断言するところによると、これでも情けをかけられているのだ）。一方、年配の戦士たちは釘がはじけ飛ぶまで、トムトムの太鼓の拍子に合わせて槍や弓矢で彼をリズミカルに突き、彼の尻に宗教的シンボルを彫る。運よく最初の釘がはじけ飛べば、すぐに二つ目も続いて飛ぶと言われる。しかし、その間の痛みは強烈で、ところどころ意識があるだけだ。悪夢へとふらふら入っていったり、そこから出てきたりしている。動物界によって描かれた文明の腐敗や宇宙の恐怖、将来の花嫁によって予言された未来のヴィジョン。そう、彼は彼女のもとを去るのだ。心臓を呑み込むようなひどい痛みが、彼にそう告げる。おそらくブナの森で彼女の脇に横たわり、彼は悲しい別れを告げるのだろう。そこでは、リスがスキップし、野生のシカが葉を食《は》み、物欲しそうなショウジョウコウカンチョウが歌っている。あるいは、彼女が川岸にかがんで父親の儀式用のシャツや腰布を洗っているときに、後ろから楽しみながら別れを告げるだろう。彼女に馬乗りになり、編んだ髪を手綱のようにたぐり寄せながら。または、最後に入浴を一緒に楽しむまで待つのかもしれない。彼が最終的には別れを告げることを彼女自身が予言したのだから、別れは何の驚きもなく訪れるのだろう。しかしそれでも、彼が別れを告げるときには、彼女の美しい顔がショックで曇り、強張ってしまう。目は細くなり、頬骨は激しい怒りで上がり、唇は言葉にできない怒りで厚みを増す。気がついてみると、彼女の力強い両手が彼の喉元にかかり、彼は水中深くにいて、命がけでもがいている。必死にバタバタしても、彼女の手以外の体の部分は見つからないようだ。鋭い爪のある彼女の両手のみが彼の気管のまわりを締めつけ、深く、深く、彼を押しつけている——いやだ！　やめろ！（ゴボゴボ！）俺は（ゴホッ！）留まる！　俺は——。

☆　☆　☆

彼は深く息を吸い、オーク材の枠がついた鏡に映る自分の新しい服を調べる。房飾りとビーズがついたシカ皮のシャツ。それにぴったりの柔らかく、金色に漂白した脚絆。銀の拍車がついたつやつやの新しいブーツ。ブーツには撃ち合いや群れの大逃走やキャンプファイアの場面が浮彫で描かれている。白いテンガロンハットに白い絹のネッカチーフ、手作りのガンベルト。彼の体はこれらのものに収まってはいるが、しっくりというわけではない。長いこと湯に浸かっていて、体が膨らんでしまったかのようだ。髭剃りも散髪も済み、爪も切ってある。新しい皮膚のように薄く、雪のように白いキッド革の手袋をはめ、彼は指を数えてみる。全部ある。古いボロ服はすっかりなくなり、残っているのはつばの広い皺だらけの帽子——木製のバスタブに浮かぶ石鹸かすの間を漂っている——それから、新しいガンベルトに結びつけられた編んだ髪の頭皮。そこにはまた、一組の平和維持用具も結びつけられている。彫金が施され、銀メッキされて象牙の柄がついた二挺のピストル。そして、専用の生皮製の鞘に収まった古いボウイナイフ。きれいに拭かれ、輝くほど磨き上げられて、刃に映る自分の姿が見えるほどだ。シカ角の柄には新たに銀の飾り鋲《びょう》が打たれ、つい最近の出来事を記しているように見える。彼は考え込むようにしてこれらのすべてと、そこにもたれかかっている新しいウィンチェスター銃を指で触ってみる。銃には手彫りのマホガニー材の銃床と、真鍮彫りの部品がついている。そうしながら、自分の古いフェルト帽について考える。かつては灰褐色だったのに、いまでは水を吸い込んで黒くなり、冷えて灰色になったバスタブの湯の表面に、見捨てられた川の筏《いかだ》のようにどんより浮かんでいる。あるいは、死んで長い時間が経った何かの膨れた背中のように。

あら、カウボーイさん。オレンジ色のカール頭で頬にルビーをつけた酒場の女性歌手《シャンテューズ》だ。絹の黒いナイトガウンを着てベッドで寄りかかっている。ガウンの合わせから白粉をつけた胸とルビー色の乳首が覗いている。彼はその光景をじっくり見てから、顔の向きを変えて銃身の長いライフルを取り上げ、重さやバランスを確認する。射程が広くて狙いを定めるのが簡単だが、接近すれば、おそらく致命傷を与える確率は低くなる。接近戦こそ砂漠で彼がやらねばならなかった殺しのほとんどだ。銃身を数インチ切らなければならないかもしれない。こっちに来てよ、ダーリン、可哀想な未亡人を慰めて。心はひどく痛むし、突然の恐ろしい陵辱に、あたしのプッシーは苦しみ寂しがっているんだ。

すまんな、奥さん。俺は慰めるなんてガラじゃない。

さあ、こっちに来てあんたのモノをプッシーの中で踊らせて。好きにさせてあげるから。

そのうちな。

そんなひどいこと言わないで、ベイビー。あたしがどれだけ傷ついているのかわからない？　何が気に入らないの？

さあな。彼は溜め息をついて視線を上げる。彼女の白っぽい胸はいくぶん下がって張りを失い、いまでは乳首もうなだれて腹のほうを向いている。溺れたかと思ったんだ。

彼の視線に気づくと、彼女は両手をカップ状にして胸を包み込み、再び彼の顔に向けて持ち上げてみせる。ここへ来て、あんた、と彼女が言う。ここへ来て、しばらくこれに鼻を擦り寄せて。そして、たっぷり話を聞かせて。

話なんて何もない。俺は水中にいた。そして気づいたら、そこから出ていた。

これは、これは、驚きだわって礼儀正しい人なら言うところだね。でも、こっちに来てよ。悲しい話であたしは耳が遠くなったんだ。そんなに離れていたら、あんたの言っていることがちゃんと聞こえやしない。

そんなのはどうでもいい。彼は向きを変えて鏡に映る自分を観察し、どうしてこんな出で立ちになっているのかと考える。とてつもない力が湧くのを感じ、それでいて、同時にとてつもなく傷つきやすくも感じる。奇妙な土地だ。この何もない空間が続いていて、何マイルも見渡すことができる。しかし、どちらを向こうと、誰かが、あるいは何かがすぐ後ろにいるという感覚が振り払えない。

みんな知っているんだ。あんたが絵よりもいかした男だってことは。でも、それを自分だけのものにしとくっていうのは正しくない。さあ。このいい娘《こ》ちゃんをちょっと抱き締めておくれ。大したことじゃないだろう？

すまんな、奥さん。俺にはやらなきゃならないことがある。それが何だか想像もつかないが、俺とあっちの男たちとのあいだで起きていることのようなんだ。まだ終わっちゃいない。

あの男たち！　あのクズたち！　あいつらが女をどう扱うか見ただろう！

ああ。まあな。彼はドアを開け、ライフルの撃鉄を起こしつつ階段上の床に足を踏み出す。新しいブーツが足の下でギシギシ音を立てる。彼が蜘蛛の巣を叩き払って耳を澄ますと、あたりじゅうにいつものざわざわした暗闇が広がっている。暗く人気のない下の酒場には、倒れて壊れた家具が散らばっている。そこを飾るのはトランプ、古い空っぽのボトル、ポーカーチップ、ボロボロの奇妙な帽子や踵《かかと》の割れたブーツ。もっと生き生きとしていた過去の証拠である。遠い過去。あらゆるものに、薄汚れた経帷子のような埃がついている。壊れたルーレット盤の隣には、足が折れて崩れ落ちたグランドピアノがあり、開いた口からにんまりと黄色い歯を見せて彼に笑いかけている。そして、それに驚いた彼自身の顎にも同じにんまりとした笑いが広がっていくのを感じる。彼は出てきたばかりの部屋に戻り、ドアをピシャリと閉める。

あら、とベッドから声があがる。思いもよらない驚きだね。お客が来るのはいつでも歓迎さ。

外には誰もいない、と彼が言う。

あんたを迎える準備ができてないんでしょ、と彼女が言い、脇にある黒いサテン地の枕を軽く叩く。ベッド脇のテーブルには、ボトル一本とグラス二つが置かれている。彼女が甘い香りのする煙草に火を点ける。暇なようだね、カウボーイさん。

ああ。まあな。あいつらはどんな連中だ？

その言葉に彼女は微笑み、乳房もぴょんと元気を取り戻す。いい感じじゃない。さあ、おいでよ、ハンサムさん。そのいかしたズボンの脱ぎ方、あたしが教えてあげるから。

☆　☆　☆

今度は、彼が脚絆を結び直しながら部屋から出てくると、男たちが待ち受けている。彼が銃を抜く前に、男たちは彼に摑みかかり、壁に向かって叩きつける。彼は自分が死んだと思うが、男たちは彼を荒っぽく肩に担ぎ上げる。そして「乳離れして立派な大人になったぞ」と怒鳴るように叫びながら、木製の階段を下って満員の酒場へとパレードする。白いシャツと黄色いサスペンダー姿のせむしのピアノ奏者が、それに合った曲を打ちつけるように弾く。ほかの男たちはリズムに合わせて木製の床を踏みつけ、手を叩き、テーブルに載ったボトルを打ち鳴らす。

男たちは彼を部屋の中央にある丸いトランプ用テーブルの上に下ろし、そのまわりに群がって、彼が床へもドアへも逃げられないようにする。拳銃を抜けばここから脱出できるだろうと彼は思うが、それはそれで厄介なことになりそうだ。いずれにしても、あの荒れ果てた砂漠に戻る以外、行くところなどない。そういうわけでさしあたり、彼は精一杯体を起こして男たちを無感情に見下ろし、両手を尻につけたまま何が起きるかと待ち構える。

よお、やつの服を見てみろ、みんな!

フーフー! はらわたから光を発しているみたいだぜ!

やつのほうを見るだけでも目がつぶれちまいそうだ。

独特な匂いが漂っているが、彼がまとってきたものではない。彼は一瞬で気づく。焼きたての肉だ。彼の鼻は、突然のにわか雨に砂漠が湿るように、この珍しい匂いに浸っていく。彼の下にいる男たちは揺らめくランプの明かりに照らされ、しゃぶった骨を振ってテーブルを打っている。噛みかけの肉でいっぱいになった口を開けて叫び、笑い、その肉をタンブラーに注いだウィスキーで流し込んでいる。店のおごりのようだ。男たちの髪や帽子の載った頭越しに、スインギングドアが見える。外は夜だ。昼がどこに行ったのか、彼にはよくわからない。

　おまえに乾杯だ、チャンピオン！　グラスを掲げながら、てっぺんのない麦わらのカンカン帽を被った斜視でごま塩髭の男が大声をあげ、その中身を一息にぐいっと流し込む。そしてげっぷを響き渡らせて乾杯を締めると、彼を取り囲んだ男たちもげっぷを響かせる。男たちが空のタンブラーをテーブルにドスンと置き、ウィスキーがさらに回されて、高まりゆく興奮を煽《あお》る。

フーッ！　やつはひどい臭いじゃやねえか！

馬の蹄のうえで熱くなったプッシーみたいだ！

あの銀の六連発銃を見てみろよ！

それに、あの絵本みたいなブーツ！

飾り鋲がいっぱいついたナイフの刃！

すげえ！

このカウボーイはあっちにいたんだぜ、おい！

やつのモノにも飾り鋲を二つ三つ打ちつけてやれよ！

あっちでさんざん擦り減らしたろうから、見つけるのが大変かもな！

ああ！　見つけづらいかもしれないが、もう硬くはならんだろう！

男たちは嫌な笑い声をあげ、口笛を吹き、野次を飛ばし、ウィスキーを一気に飲み、さらに注ぐ。何がそんなに滑稽なのか彼にははっきりわからないが、いずれにしろ、自分がその中心であることはわかる。テーブルから下りて男たちの視線から逃れたいところだが、ぐるりと群がった体のあいだに隙間はない。彼は自分が岩の上に置かれて銃で撃たれるボトルのように感じる。ピアノにかがみ込んでいる蜘蛛のような指のせむし男が、曲を変えて「俺はやっちゃいない」を弾き始める。殺しをやったのは俺のピストルであって俺じゃない、と判事を説得する早撃ちガンマンの歌だ。判事はガンマンを解放して、ピストルを絞首刑にする。いまや男たちみんながコーラスに加わり、鼻を鳴らして大声をあげ、ステーキの骨を宙に投げる。

俺はやっちゃいない、いない、いないんだ！

彼は投げられたステーキの骨にかぶりつきたいが、そうは言えないし、摑み取れる近さには何も通過しない。しかし思いもよらず、せむし男がピアノで太鼓の連打やかん高いファンファーレを真似すると、酒場の群衆の中に通り道が開く。そして、眠たげな混血男がそこを通ってやってくる。銀行家のズボン、赤い下着、シルクハットを身につけている。回っている大型ルーレット盤から現われたかのようで、こんもりと何か食べ物の載った素焼きの大皿を厳《おごそ》かに運んでいる。

来たぞ、若造！ と禿げ頭ののっぽの男が言う。天神髭を生やし、恐ろしい傷跡が顔を横切っている男だ。俺たちは一番美味《うま》い食べ物を最後まで取っておいたんだ。最高のもの！

おまえのために取っておいたんだ！

おまえへのご褒美だぞ！

自分の分を取り戻さなきゃならないぜ、若造！

素焼きの大皿には大きな未調理の睾丸一組が載り、まだ血まみれで毛の生えた心臓のように脈打っている。すると、男たちみんなが大いに楽しんで食べているのは、十中八九彼のムスタングだという気がしてくる。いや、結構、と彼が言う。俺は食わない。

こんなふうにかわしてみてもどうにもならない、と彼にはよくわかっているし、実際にどうにもならない。残念ながら、あの生の睾丸《プレーリー・オイスター》はすべておまえのもんだぜ、贅沢屋、と斜視の老人が彼に言い放ち、粘っこい塊を吐くと、見えない痰壺で音が鳴る。ほかの男たちは再び互いの体のあいだの隙間を閉じ、ぞっとするようなしつこさで彼へと一斉に歌いかける。ピストルが酒場じゅうで引き抜かれる。

嫌々ながら彼は押しつけられた大皿を手に取る。男たちがニヤニヤしながらテーブルのまわりに詰め寄り、食べるところを見ようとする。空いているほうの手のベトベトする指をなめ、ボトルのウィスキーを飲み干していく。

気をつけろよ、若造！　新品のシカ皮のシャツをベトベトにするな！

きれいじゃないか！　サテンのように柔らかいしな！

女教師の尻くらい柔らかい！　そうだろ、若造？　彼が答えずにいると、男たちがもう一度訊く。そうだろ、若造？

さあな、と彼は慎重に答え、そのいかがわしい食べ物をつまみ上げてくんくん嗅いでみる。女教師の尻は見たことがない。

その言葉に男たちみんなが大笑いし、野次り、銃を放つ。もし彼が何とか男たちの不意を突くことができれば、まだここから脱出できるのかもしれない。しかし、いま男たちを驚かせる方法は思いつかない。さあ、そいつを腹に押し込みやがれ。騒ぎが静まると、顔に傷跡がある男が唸《うな》るように言う。頭がぴかぴかに禿げている痩せた男。皿を自分の銃の銃身で指している。俺たちみんなを怒らせちまう前にな！

睾丸は小便に浸かった軟骨状の海綿が放つような臭いを発し、おまけにムスタングの肛門の強烈な臭いまでがこびりついている。しかし、彼は息を止め、それを口に押し込む。その間ずっと、しくじるのではないかと目を赤くして観察する男たちを、じっと見つめ続ける。この苦難を素早く終える望みがあったとしても、それはすぐにしぼんでしまう。噛みにくくてゴムのような弾性のある陰嚢が、彼の臼歯に屈服することはない。しまいには、吐いてしまわないように、その血まみれのぐちゃぐちゃしたものを丸ごと呑み込まねばならない。その永遠に続きそうな過程で、死んでしまうのではないかと彼は思う。息を詰まらせるほどの吐き気が湧き起こり、膝がガクンとなる。新しい六連発銃をさっと抜き出し、撃ってここから脱出しようと考えたとしても、その考えは完璧に打ち消されてしまう。涙の浮かぶ目を閉じ、呑み込むという単純な作業に集中しようとする。そしてついに塊が腹のほうへ滑っていくと、再び目を開ける。彼のガンベルトとシカ皮のズボンがなくなり、通り道が一本、テーブルからグランドピアノに向かって開いている。さらに悪いことに、彼はひどい色欲に襲われている。あまりにも強く、心を掻き乱すものなので、ハンマーで銀の飾り鋲を彼のモノに打ち込むという脅しは、脅威よりも緩和の手段のように思える。その部分が唐突に充血してしまったいま、火の上で焼かれて膨らんだソーセージのように、すぐにも爆発したがっているように感じるのだ。

ああ！　馬のタマが魔法を使ったみたいだな！

ご婦人を相手にする時間だ！

テーブルが背後からひっくり返される。彼は倒れて裸の尻をテーブルの上面板で打ち、床に滑り落ちる。通路の突き当たりでは、二度見たことのある色白の未亡人が酒場の男たちによってピアノに押さえつけられ、ひどく苦しげにしている。彼はよろめきながら、救出するつもりで彼女へと向かう。そのつもりでいるのは間違いないと思うのだが、実際には背後から押されたり突かれたり、自分自身の震えるモノに前へと強く引っ張られたりしている。彼女は泣いている。手足を広げて固定され、頭を左右に振っている。きっちりまとめられた黒いおだんごの髪は苦悶の中でほどけ、黒いドレスはねじれて彼女の体に巻きついている。彼が欲情しているのを見ると驚いて声をあげ、身をよじらせ、慈悲を乞う。心配するな、大丈夫だ、奥さん、と彼はあえぎながら言い、自分の厄介なモノを両手の拳で握りしめる。しかし、それが本当かどうか彼には確信がない。それを捕まえておくことすらできないのだ。厄介な生命力を発揮して、モノは握りしめる彼の手から飛び出そうとし続けているのである。

女だぞ、若造、と長い頬髭を生やした斜視のちっぽけな男が怒鳴るように言う。やっちまえ！

俺にはできない！　俺は——俺はやったばかりだ！

うそつけ、とちっぽけな男がきょろきょろと両目を別々の方向へ向けながら言う。こんなのとはしてないだろ、カウボーイ。

誰もやってないんだぜ、若造。俺たちはこいつを守ってきたんだ。

彼女のコルセットは引き裂かれて開き、スカートはまくり上げられて、蜘蛛の巣状の繊細な下着が晒されている。そして、このもろい覆いの下には彼女の肉体があり、その見事な深遠さが感じられる。この覆い、このデリケートな黒い鎧《よろい》をこそ、必要とあれば命を賭けて守ろう、と彼は決心する。たとえ彼の両手が自発的にそれをズタズタに引き裂いてしまおうとも。彼は両手を握りしめて拳を作り、鉤爪のような爪を出さないようにする。すると、両腕の支配から逃れようとしているかのように、拳が宙に荒々しくパンチを繰り出す。怖がるな、奥さん。俺は出て行くところだったんだ。ぜいぜい息を切らせながらそう言いつつ、彼の腰は彼女の無理やり開かされた太腿の間へと、荒れ狂う雄牛のパワーで突進する。抑制の効かない体の獰猛《どうもう》さに、彼の下で苦悶している女と同じくらい、彼自身も恐怖を感じる。

地獄の苦しみってとこか、どうした、若造？　そのモノでどこを突くかわからないのか？　と黒い紐ネクタイとギャンブラーお馴染みのブロード地のコートを身につけた、やぎ髭の太った男がぶつぶつ言う。そして、イライラと葉巻を弾き飛ばし、彼の揺れ動くモノを摑んで舵を取り、中に入れようとする。これは功を奏する。彼は拳を振り回し、何かしっかりしたものをぶちのめしたくてたまらなかったのだが、そこに太った男が現われたので、その顔を振り返りざまに殴りつける。そのパンチの強烈さに、男の赤らんだあばたのある鼻が頭の中に完全に陥没する。太った男が後ろにひっくり返る前に、彼は拳を吸い出すようにして力一杯引かねばならない。男のやぎ髭は両目のあいだにある皺だらけの柔らかい穴を羽はたきのように覆い、両目はビリヤードの玉がキスをするかのように寄ってきている。

殴ることで彼の心と両手は嵐のような暴行から一瞬解放される。しかし、彼のモノが独自に自らのターゲットを追跡するのは止まらない。それが彼女の入口にある最後の柔らかい防御物を連打していると、彼女が悲しみに満ちた表情で彼を見上げ、彼の必死の計画が成就する前に一緒に祈ってくれと頼む。そして、横たわる自分の脇に置かれた聖書に向かって頷く。喜んで祈りますよ、奥さん、と彼はあえぎながら言い、引き裂いてしまうほどの勢いで両手を伸ばすと、聖書を摑む（彼はすでに、彼女の最後の防御ラインを突破しているのか？　柔らかくて、和毛《にこげ》で覆われている湿ったものを――！）。聖書の中はページがくり抜かれており、彼はそこに黒革の柄の古いピストルを見つける――それをさっと取り出し、自分を取り巻く見下げた男たちに向かってぶっ放す。まずは、彼女の手足を押さえつけている酔っ払いの田舎者たちからだ。死んだ男たちは鉛のおもりのように倒れ、生きている男たちは激しい風でその場から吹き飛ばされたかのように散っていく。彼は股間でモノが異常に膨れ上がるのを感じ、一瞬、その爆発の強烈さで目の前が真っ暗になる。

彼は裸の尻を宙に晒し、グランドピアノの上に伸びたまま再び目を開ける。酒場には人気がなくなっている。いるのはでこぼこした南京袋のようになって散らばる死体と、せむしのピアノ奏者だけ。ピアノ奏者は黄色のサスペンダー姿で一人鍵盤に向かって座り、手巻きのシガリロを赤褐色の唇に咥《くわ》えて小品を弾いている。あざけるような童謡。あの美しい未亡人すら消えている。あらゆる証拠が消えているのだ。彼の力強い射精も、聖書も、黒い柄のピストルも、恐ろしいほどの色欲も。しかし、彼のシカ皮のズボンは戻って、近くの背もたれにもたれかかっている。ガンベルトやいかした新品の武器、指先が切り落とされた白いキッド革の手袋もある。

おまえは警察と関係があるのか、若造？　とピアノ奏者が咥えた煙草を上下させながら、近くにいる彼に訊く。彼はピアノから転がるようにして下りる。隅に行って金色のズボンを引っ張り上げ、ベルトを締め直す。子供用の歌は、より哀愁を帯びた歌に変わっている。おそらく葬送歌だ。

何もない。おまえは保安官か？

いや。ただの保安官代理だ。保安官が足りなくてな。おまえは仕事でも探しているのか?

違うだろうな、と彼は言う。しかし、自分にはそれほど選択の余地はないとわかっている。彼の房飾りのついたシャツには、すでにバッジがピンで留めてある。バッジは銃弾が貫通して曲がった星型に変形し、血で黒ずんでいる。

☆　☆　☆

やあ、保安官。

よう、保安官、調子はどうだ?

通りの男たちが愛想よく挨拶をして帽子を傾ける。彼と保安官代理は酒場から、真昼のぎらつく日差しが照りつける木製の歩道に出たところだ。彼はテンガロンハットのつばに触れて応えつつ、もう片方の手で撃鉄を起こしたライフルを摑む。男たちの本当の意図はまだわからない。男たちは太った赤ら顔の男を絞首台のほうへと引きずっている。皺くちゃのシルクハットを被って三つ揃いを着た男。絞首台はまだ、埃っぽい通りの真ん中に急いで組み立て中だ。

ここで何が起こっているんだ？　と彼は知ろうとする。いまこそ、市民の行動を調べるのが彼の職務だと思うからだ。

ああ、ただの銀行家野郎さ、保安官。やつが大金を持っていて、俺たちがそうじゃないなんてフェアじゃない。だからやつを絞首刑にするんだ。太った小さな男のポケットからは詰め込んだ株と債券と紙幣があふれ、帽子のつばの下やブーツの上からは証券が突き出ている。男が歩いてきたあとには大量の紙幣が落ちていて、砂漠の風に撒き散らされ、ずっと銀行のドアまで続いている。

でも、やつを絞首刑にする前に、裁判にかけるんじゃないのか？

違うさ、保安官！　とんでもない！

そんなクソみたいなことやってる暇ないんだ。

まあ、俺はこの仕事を長いことやっているわけじゃないが、それは正しくなさそうだ。

このあたりじゃ正しいんだよ、保安官。そういうもんだ。

ここのやり方に口を出すつもりじゃないよな、保安官？

俺は何をするつもりもない。ただ自分の仕事をきちんとやるだけだ。

群衆が彼を遮るように立つ。自分たちに賛成するつもりか、あるいは大きなトラブルを起こすつもりかと挑んでいるかのようだ。帽子のつばが投げかける黒い影で、男たちの顔はぼんやりとしか見えない。彼は男たちを怖がってはいない。このげす野郎たちと決着をつけてもいいという気にすらなっているが、男たちのほうが法については正しいのかもしれない。口出しする資格が彼にあるか？　この種の仕事では新入りだ。まあいい、と彼は言って咳払いをする。じゃあ、今回だけだぞ。

彼が見ていると、男たちは強烈な真昼の太陽の下、帽子の陰で黄色い歯をにんまり剝き出して笑いながら、埃の中を通って死刑囚の銀行家を絞首台へと引っ張っていく。痩せた保安官代理は、彼の横で赤褐色の唇にシガリロを咥えて前かがみになり、ずっと黙ったままだ。そこで、彼は不安に感じてしまう。自分は言葉や行動が過ぎたり、あるいは足りなかったりしたのではないか。で、どう思う、保安官代理？　シカ皮のシャツに新たにピンで留められたバッジが、彼の素肌にぴたりとくっついているように感じられる。銃弾でバッジに開いた穴は、熱いクッキーカッターのように左乳首のまわりに押しつけられている。何かを忘れないように指のまわりに糸を結びつけておいて、それに火を点けるかのように。で、俺たちは何をしたらいいんだ？

さあな、と保安官代理が言い、シガリロの端を痩せた節だらけの指でつまむ。そして、端をちぎって給水桶へと数ヤード弧を描くように投げ、シガリロを再び口へと押し込む。おそらく、銀行まで行ってみるべきなんだろうよ。

保安官代理はズボンを引き上げ、曲がった短い足で前後に揺れながら銀行へのろのろ歩いて行く。保安官は保安官代理の後ろにぴったりついて行く。そこが持ち場でもあるかのように。まあ、その通りなのかもしれない。彼はほかのどこにも馴染まないし、惨めな尻を引きずるように一人ぼっちで砂漠を進むよりも確かにいい。これまで、彼にはいつも家がなかった。雲の影のようだ、とはかつて出くわした瀕死のカウボーイが、通りがかりに自分自身を表現した言葉。しかし、これは選択によるものなのか、運なのか、それとも生まれつきなのか。彼にはわからない。ただ、彼はいつも進み続けてきたのだ。まるで進むことが呼吸をするのと同じであり、片方を止めるともう片方も止まってしまうかのように。おそらく、あの死にゆくのろまな男が、進み続けることを感染症のように、あるいは毛ジラミのように彼へと伝えたのだ。思い出してみると、束の間定住して牧羊をしたことならあった、あるいはあったように思われる。賭博《キーノ》で一晩に二十ドル勝って、その金で農場を丸々一つ買ったのだ。そこには、百頭の羊、ジャガイモ畑、妻、六、七人の子供もついていて、これをお買い得だと考えた。元の農場主はブロンドの顎髭を生やし、瞳ははがね色のがっちりした男で、金を受け取る際ににんまりしていた。彼は牧羊、羊毛の刈り込み、羊の解体といった仕事を学び、一生懸命働いた。大平原で牧羊業者として生き、死んでいくのも妥当だったかもしれない。本当のところはちっとも楽しめなかったが、やり甲斐があるように思えたのだ。しかしある日、牛飼いたちが来て彼の家族を皆殺しにし、農場を全焼させた。羊を撃ち、ジャガイモを掘り返し、小便を撒き散らして草を根絶やしにし、食べ物を台無しにしてしまった。こうして、二十ドルで始まった彼の農夫生活の冒険は終わった。一面に広がる小便まみれの死んだ羊たちをじっと見下ろしたのを、彼は昨日のことのように覚えている。あたりに横たわる羊たちは、空から落ちてきたばかりの湿った雲のようで、低木の生えた野にはひどく場違いだった。彼も同じだ。そして、羊たちの不幸な状況は告げず、現場も見せずに、彼は隣人とうまく取り引きをした。自分の羊と、ぎこちなく歩く老いた雌馬とを交換したのだ。彼はその地域を離れ、決して振り返らなかった。当時の家族の記憶には、ほとんど実質が感じられない。思い出すのは、殺される前、家族はよく食べていたということくらいだ。しばらく経って、彼は農場を自分に売った男と出くわした。そして木こりになって線路工夫として働くために家を出た男が、ウィスキーを親しげに差し出しながら言った。財産を手に入れるのは墓地の所有権を主張することでしかないから、物事があまりにも早く打ち止めになってしまうんだ。死のほうがもっと面白いぜ、と男は疲れた青い目でウィンクしながら言った。銃はテーブルに載せたままだ。死を避けたと思ったときに、死はこっそりあんたに忍び寄るもんだからな。

彼と保安官代理は紙幣をたどり、日に焼けた通りを銀行目指して進む。二人が損害賠償調査事務所——最後に見たとき以来、通りを横切って向きを変えたように思えるのだが——を通りかかると、中からやかましい騒ぎが聞こえてくる。言っておくが、おまえは役立たずの洟たれ野郎だ、とある男が怒鳴っている。すると、もう一人が怒鳴り返す。じゃあ、俺はおまえをぶん殴ってやる！　銃撃が起こり、誰かが窓ガラスを突き破る。

おっと。何が起こっているのか見に行ってみるべきだと思うか、保安官代理？　彼はそう訊ね、キッド革の手袋をつけた汗ばむ手をピストルの台尻に置く。

ばか言うな、保安官。こんなクソみたいなことに気を逸らされていたら、俺たちは一体どうやって仕事を終えられるんだ？

保安官代理ははるばる歩いてくるうちに背中のこぶが取れたようだ。いまでは銀行のドアを通るために、帽子を脱いで禿げ頭をかがめなければならない。中は破壊されている。壊れた家具があたりに積み上げられ、銃弾で開いた穴だらけの窓ははしかにかかったかのよう。日干しれんがの壁一面に猥褻な言葉が書かれ、現金がそこらじゅうに落ちている。小さな少年が背後に現われてコインを一枚拾い上げると、保安官代理が振り向いて撃ち殺す。そして、泥棒のガキには我慢がならない、と茶色いシガリロを咥えたまま唸るように言い、少年の死体を拾い上げてコート用のフックに掛ける。いまになって見えてきたのだが、保安官代理には片目を横切ってもう片方の頰にまで伸びた醜い傷跡がある。黄色のサスペンダーがなかったら、見分けるのが難しいかもしれない。なあ、裁きを行なうことに関してだが、保安官、と保安官代理が指を振るようにシガリロを上下に動かしながら言う。あんたは銃を抜くのがちょっと遅いようだ。

ほう、保安官、ちょうどおでましだ、と銀行の窓口係がワイヤー縁の眼鏡をポケットに入れ、袖のガーターを直しながら挨拶する。あれこれ起こっていて、俺と交替してくれるやつがいないんだが、俺はグイッと一杯やりたくてしょうがない。だから、あんたがこの窓口をしばらく引き継いで、その間、俺と保安官代理は喉を潤す、ってのはどうだ？

でも、俺は銀行業について何も知らない。

ふん、俺だってそうさ、保安官。まったくの謎ってやつだ。

保安官代理が冷たい痩せこけた腕を彼の肩に回し、腐った革のような臭いの息をしながら彼の耳に耳障りな声で囁く。あっちの金庫室にある金塊に注意するんだ、保安官。そして、保安官代理と窓口係は、頭をひょいとかがめて激しく笑いながら、彼を置いて出ていく。彼は金庫室を調べに行ってみる。金塊などない。そこにあるのはネズミの糞と病気のハエ数匹だけだ。無意味だとわかりつつ、彼は重いスチールドアを閉めようとする。しかし、ドアは蝶番から外れ、ガシャーン！　という音を轟《とどろ》かせて木製の床に倒れる。危うく彼の新しいブーツの先にぶつかるところで、紙幣が宙にパタパタと舞い上がる。飛び立とうとする鶏か、突然の風に巻き上げられた枯れ葉のよう――これは忘れられた時代の記憶だ。彼が砂漠に入る前の、木々や木々から成る森に関する記憶。

彼は白いキッド革の手袋を剝ぎ取って両手を空気に晒し、それ以上のインスピレーションに欠けるまま、シガリロを口の端にねじ込む（彼はいま、保安官代理のことを思い出している。行ってしまう前に、自分の吸いかけを彼の唇の間に突っ込んできた。給料の前払いでもするかのように。さらに、にんまりと歪んだ笑いを浮かべ、痩せこけた長い指で彼のバッジをパチンと鳴らし、胸に突然歯痛が起こったかのような鋭い痛みを送ってきたのだった）。彼は散らばった紙幣をほうきで角へと掃き始める。建物は暑くて風通しが悪いが、じめじめした地下の臭いに満ちていて、彼をぎょっとさせる。吊るされている死んだ少年も気味が悪い。少年は吊るされ方のために片方の肩が頭よりも上がっていて、もう片方は裂けた顎の下にぐにゃりとぶら下がっている。顎は撃たれて半分ない。あまりにも不快な光景で、彼はすっかりやり場のなさを感じ、後悔する。保安官の仕事にはいくらか慣れそうに思えるが、好きなときに飲みに行くわけにはいかない。したたか酔っ払い、その後、心ゆくまで人を撃ちまくったり痛めつけたりする、などということもできない。警官がかつて彼に言ったことを思い出す――あるいは、彼がしばらくのあいだ手を組んでいた無法者だったかもしれない。法と秩序はだな、若造、規則正しい排便にそっくりなんだ、と男は言った。たいていの場合、一日がより滑らかに流れていく。でも、時々は下痢という激しい一服も必要だ。すべてをふさがれて、闘志を失わないようにな。

彼は法のくだらない側面や、それが彼の新しい職業の中でどんなふうに展開するかを考える。すると、髪をオレンジ色のカールにしてルビーのピンを頬につけた酒場の女性歌手《シャンテューズ》が入ってくる。ネッカチーフで覆面した四、五人の男たちと一緒で、彼がいるカウンターの格子窓まで歩いてくる。

彼女はよからぬことを企んでいるようだが、やあ、と彼は愛想よく声をかけ、預金でもしたいのかと訊いてみる。

いいえ。でも、あんたがしてくれるならとってもありがたいね、保安官、と彼女がウィンクしながら返事をする。そして、左手を股間に突っ込みながら、右手で握ったピストルを彼に向ける。本当のところはね、あんた、動くなってこと。

ああ、と彼は溜め息をつく。おまえたちみんなを逮捕すべきようだが、盗むに値するものは何もない。金塊はすでに消えている。

わかってるよ、保安官。少し前にあたしたちが盗んだんだから。今日やって来たのは、あんたがこれ見よがしにつけている銀のバッジのためさ。

だめだ。これは渡すわけにいかない。

ねえ、こんなブリキの星ごときのために死にたいって言うわけじゃないでしょ！

ああ。でも、手放すつもりもない。

おい、威勢がいいじゃねえか！

せいぜい大口をたたくがいいさ！

その野郎には覚えがある、ベル、と彼女の仲間である無法者の一人が言う。彼がバンダナ越しに見る限り、片目でごま塩髭を生やし、でこぼこの鼻をした男だ。ビッグ・ダディーをやったやつだ。

まさか！

ふん、やつのひょろひょろの尻を鞭打って、あの星をいただだいちまおうぜ、ベル！

ああ、それに、いかした服も丸ごとおまけにな。

俺はあのナイフをいただきだ！

さあ、気を引き締めるんだよ、みんな！　こんなふうに熱くなった保安官とは揉めたくないだろう。かんしゃくを起こしたらどうなるか、わかっているね。女性歌手《シャンテューズ》は専用のカップに戻すかのようにして片方の胸を持ち上げ、彼の金色のシカ皮のズボンをゆっくりと愛情を込めて観察する。そして、彼をじっと見上げて夢見るようにウィンクし、ピストルの銃身で陰部をこする。別のものを盗めればいいんだけれどね。

ああくそっ、ここには大したものはないじゃねえか、ベル、と目の飛び出た小さな盗賊がぶつぶつ言う。耳には蜘蛛の巣のような入れ墨がある。値打ちのあるものはほとんどみんな取られちまってる。

さて、と女性歌手《シャンテユーズ》が物憂げに言うと、ピストルが彼女の股間で火を噴く。弾丸ががらんとした銀行のロビーを怒ったスズメバチのように跳ね飛ぶ――ヒューッと音を立てて通り過ぎる弾丸を彼はかわす。弾丸は金庫室のスチールドアの枠にぶつかってうつろな音をたて、跳ね返って窓から出て行く。真昼の太陽が照りつける外から、叫び声が聞こえる。動物のものか人間のものかは判断しがたい。彼が六連発銃を引き抜いて頭を上げると、女性《シャンテ》歌手《ユーズ》のスカートに穴が一つ開いているのに気づく。覗き穴のように、その穴からすっかり見通せてしまうのだが、向こうには何もない。それに、前にはもっと男たちがいたのだが、いまではたった二、三人しかいない。彼女が煙を噴く銃身を思わせぶりになめて言う。あっちでは男の子が吊るされているわね。あの子を盗み出すことだってできる。いいかしら、保安官さん？

男の子？　あの子はまあ、死んでいるわけだが。

わかってるわ。あの小さなキツツキは、ピンピンしていたときには牛の糞ほどの価値もなかったけれど、いまは売れるものがあれこれある。あるいは食べられるものがね。

どうだい、保安官？　と覆面の太った男が訊いてくる。スナップ式革ズボンと、脇の下から袖口まで裂けたボロボロの柔らかいベストを着ている。撃ち合いで決着をつけようか？

彼は格子窓越しに女性歌手《シャンテューズ》と彼女の見苦しい一味を見つめ、このやり取りにうんざりしながら考える。おそらく、金脈漁《あさ》りとか牛泥棒とか、まったく別の商売をするべきではないのか。あるいは、女性歌手《シャンテューズ》の白粉をはたいた温かい胸に飛び込むというのもありかもしれない。自分に間違いを正して悪を罰する資格などあるか？　彼の視線は彼女のスカートの穴にぐっと引きつけられる。遠くにかすむ地平線をじっと見つめるときのように。彼は地平線が約束であり、あらゆる約束の不在であることを知っている。あまりにも恐ろしく致命的な誘惑だ。そして、冷たく鋭い目つきの牧羊家が言ったことが思い出される。いや、それを言ったのは瀕死のカウボーイだったかもしれない。死ぬほどの価値があるものなんてここには何もない、相棒、とその男は言った。自分で自分の死を選ぶこと以外にはな。そして、自分の死を選ぶために死ぬのだって、選ぶこととは違う。その間も人は、じっとしていていられないものだから冒険を続ける。それに、その他すべての終わりには何もないし、冒険の終わりにも何もないのだから。彼は注意を穴から引き離す。そして、しばらく心を捉えていた陰気な考えからも引き離すが、誰も気にしないようだ。まあ、あの子は財産なんてもんじゃないさ、と彼は溜め息交じりに言う。この判断は彼のもとにやって来たものだ。それは、彼のほうから町に向かったというよりは、町が彼のもとにやって来たのにどことなく似ている。彼はピストルをホルスターに収め、吸いさしを投げ捨てる。好きにしろ。そしてライフルを取り、盗賊たちにわびしい盗みをさせておいて、突然訪れた砂漠の夜に向かって歩いて行く。

☆　☆　☆

月のない暗闇に目が慣れ、彼が最初に見るもの。それは絞首刑にされた男だ。縄にぶら下がって物憂げに回転している。いかした東部の服は消えている。おそらく盗まれたのだろう。裸だが、風雨に晒された革《チャップス》のズボン、傷んだ古いブーツ、そして丸いフェルト帽は身につけている。フェルト帽は頭から鼻までを覆っている。男の幽霊のような尻が火の消えた葉巻を噛み、そこから茶色くなった唾液を垂らしているように見える。おそらく、そこには巻いた紙幣が突っ込まれ、この地域の伝統的な法に敬意を表して火が点けられたのだ。口の中も、硬直した舌の内側からまわりまで紙幣でいっぱいだ。聞こえるのは、絞首台の縄がキーキー鳴る音、遠吠え、人気のない通りの埃の中に響く彼自身の足音のみ。

薄暗い星明かりの中、ぐるりと広がる地平線にまで埃が広がり、青白く輝いている。そこに町のみすぼらしい建物がシルエットとなって陰画のように映し出される。あるいは、黒い空の下で真っ暗になって見えなくなり、建物が星を覆い隠すことでその場所がわかるだけである。ここでは、絞首刑にされた銀行家しか彼の連れはいない。すべてが閉まっており、彼の背後の闇のどこかにある銀行までもが閉まっている。もちろん、酒場を覗き込んでも無駄だ。彼はそこに何があるかわかっている。刑務所の場所を保安官代理に訊いておくべきだった。一晩、そこで過ごせたかもしれない。こういう町で一晩過ごすのに、自分であれこれ選べるとすればだが。

彼はいま、ムスタングがいなくてひどく寂しい。ここに来るまで彼が最も評価していたのは、ムスタングがもつ輸送力だった。しかしいま、馬がいなくて最も苦しんでいるのは彼の頭の中だ。馬にまたがっていると、彼はいつも自分がどこに行きたいのか、何をすることになっているのかわかる気がした。奇妙なことだが、馬のおかげで、どういうわけか自分が何かに根ざしていると感じることすらできた。自分が何者か――名前のある何者か――であると思えたのだ。たとえ彼と馬が、自由奔放にこの果てしない荒野を漂っているのであっても。あの生き物は彼の生きている一部だった。帽子やブーツと同じで、まるで彼のために誂《あつら》えられたかのようにフィットしていた。彼の苦難も、痛みや飢えも一緒に経験し、その一部を吸い取ってくれた。ちょうど、ボロ布が傷の流血を止めるかのように。それに、彼は馬から見る景色に慣れていた。地面に下りたこの位置では、どことなく視野が狭くなったように感じる。かつては安全な隔たりをもって下のほうに配置されていたものが、彼のまわりに立ち上がってくるような気がするのだ。

しかし、彼があの邪悪な目と曲がった脚をもつ老馬に優しかったというわけではない。よりセンチメンタルな気分のときは、確かにあの馬を愛しい老馬《オールド・カイユース》と考えてはいた。あの馬を尊重し、なけなしのものを分け合っていた。だが、馬は独自の片意地な心を持っていた。そこで手に負えなくなると、彼は馬を鞭打ったり、拍車を骨に達するほど深く脇腹に食い込ませたり、口から泡を吹いて血が出るまで馬銜《はみ》を引っ張ったりしなければならなかった。動物ごときにやられるがままなどあり得なかった。

ところが、結局はそうなったのだ。彼らは焼けつくような太陽の下、何年間とも思えるほど長いあいだ漂っていた。そしてやっと、新鮮な水が湧く水飲み場に行き当たった。どこからともなく現われたような水飲み場。そのまわりには白骨化した人間や馬が散乱していた。彼は水に毒が入っているのかもしれないと思い、まずは馬に飲ませて様子を見た。何も起こらなかった。そこで、水飲み場の縁にいる馬に加わって顔を水につけ、さらには帽子ですくって飲んだ。水はきれいで甘かった。とても冷たかったので、歯が痛んだほどだ。たっぷりと飲んでから水筒もいっぱいにし、進み続ける準備ができた。しかし、馬は別の考えを持っていて、その場から動こうとしなかった。この態度はばかげていた。食べ物もなければ、水ぶくれができるほどの熱い太陽から守ってくれるものもない。いずれにしても、そこに残る大きな意味はなかった。しかし、その御しにくい生き物は、すべてを放棄し、無名の骨たちと一緒にそこで降参するつもりのようだった。彼は馬に話しかけた。おだてたり、罵ったり、蹴飛ばしたり、歩いてそこから引き離そうとしたり、耳や馬勒《ばろく》をぐいと引っ張ったり、鞭やライフルの銃床で叩いたりしてみた。しかし、役立たずの痩せこけた老馬は動こうとしなかった。石のようにじっとして頑固だった。そして、腕が持ち上がらなくなるくらい容赦なく打ち続けていると、ふと彼が鞭打っているのは石で、いまいましい馬は水飲み場の向こう側にいるのに気づいた。頭を下げ、相変わらず穏やかに水をペロペロ飲んでいる。彼は激怒した。つむじ曲がりの動物に向かって鋭く口笛を吹くと、馬は彼のほうへと歩き出した。そして水の中に入り、消えてしまった。仰天して、彼は馬を追って飛び込んだ。しかし、水飲み場はほんの一フィートほどの深さしかなく、彼は底に激しくぶつかってしまった。水はもう温かくなり、塩気があって、目がひりひりした。再びものが見えるようになると、馬はさっき彼が鞭打っていたのとまったく同じ場所に立っていて、石は消えていた。だから、彼は馬を銃で撃った。もうたくさんだ。傷ついた動物は倒れ、震えて宙を蹴り続けた。顔には痛々しい表情を浮かべていた。そこで彼は馬の耳にライフルを当て、殺した。その時だった。自分のしたことから視線を上げると、向こうの地平線上で町が揺らめいているのが初めて目に留まったのだ。彼は鞍と馬具を死んだ馬のところに残し、あとで取りに来るつもりで、町へ向かって砂漠を歩き始めた。狂わんばかりの苦闘に疲れ果て、脚は砂袋のように重かった。半分うとうとしながらよろよろと進み、自分がやってしまったことについて、もちろん後悔していた。男はいつだって馬を失うのを嫌うのだ——そして、今夜とよく似た月のない闇夜の中、彼は鞍にどっしり座り、彼の下ではムスタングがいつものようにとぼとぼ歩いていた。彼は塩を吸い上げてきたかのようなひどい乾きに襲われた。水筒は空になっていた。

まるで彼の回想に刺激されたかのように、通りでかすかに鼻を鳴らしていないなくような音がする。夜の闇は深く、何も見えない。しかし、彼はその方向に向かい、立ち止まって酒場のつなぎ柱から一巻きの擦り切れた縄を切り取る。何を見つけることになるのか、彼にはまったくわからない。町に迷い込んできた別の野生馬かもしれない。生き返った彼の老ムスタングかもしれない。しかし、そこにいるのが何であっても、見つけられればそれを手に入れ、それに乗ってここから出て行くつもりだ。通り過ぎる彼に押し寄せてくる平べったい形のものたちは、建物というよりはその存在感のなさを示しているように思われる。世界に開いた黒い割れ目のようだ。彼は真昼の太陽の下をこんなふうに歩いたことを思い出す。あのときも、目にしている建物の背後に、影のように別の建物が潜《ひそ》んでいると感じた。そういう直感を信頼しているというわけではない。生まれながらのガンマンに特有な神経の過敏さのため、本物ではない幽霊の出没には慣れているのだ。

彼はいま、片手にライフルを、もう片方の手に縄を握って進んでいる。すると、前方でかすかに輝く不気味な光に気づく。そして、思い出す。あの美しい未亡人、男たちが女教師と呼んでいた人を初めて見たのは、どこかこのあたりだっただろう。しかし、彼が最後にここを通って以来、通りのあちこちの場所は入れ代わってしまったかもしれない。もしかしたら、と彼は考える。もしかしたら、彼女は窓の外に灯りを点けているだろう。彼のためだけに点された灯り。彼がここに一人ぼっちでいて、人による慰めが必要なのだと彼女はわかっているのだ。彼女に再会できるという見込みに駆り立てられ、彼はすぐに足取りを乱してほとんど駆け出しそうになる。衝動に駆られつつ、背後の暗闇を恐れてもいる——さらに、彼女に対する懸念もある。彼女はまたトラブルに巻き込まれているかもしれない。彼女のような女がここでやっていくのは楽ではない。何が起こるかわからないのだ。そして、彼はいま保安官ではなかったか?

彼は真っ暗な通りを全速力で疾走している。頭は恐ろしくも卑猥なヴィジョンでごちゃごちゃだ。すると突然、目の前に馬が現われ、彼は走っている最中に唖然として動けなくなる。堂々とした白い種馬。背までの高さが二メートル以上もあり、突然現われた満月の光に照らされて、闇の中で幽霊のように輝いている。満月は、雲が急に消えてなくなったかのように、突然視界に滑り込んできた。その馬は彼がこれまで見た中で最も美しく、かつ恐ろしい生き物だ。力強くて断崖のような胸をもつ巨大馬。身のこなしは気高く、見るものすべてを軽蔑し、特に彼への軽蔑は格別だ。暗い通りにたたずみながら、畏敬の念に打ちのめされて、彼の膝はへなへなになる。心臓はハンマーで打たれているかのように耳に鳴り響く。そして、これほど高貴で尊敬すべき生き物にまたがることが、自分がここにやって来た第一かつ唯一の理由なのだと気づく。そうに違いない。実際、自分がここで生まれたわけではなく、やって来たのなら、そういうことなのだ。しかし、そんな素晴らしい動物を、風化して朽ちた惨めな一巻きの縄で、どうやって捕らえるのか。彼にはよくわからない。馬が雷鳴のような音で鼻を鳴らし、彼よりも高く後ろ足で立つ。その頭は流れる乳白色のたてがみに取り巻かれ、力強い前脚が夜の中に穴を開けるかのように宙を叩くと、縄でさえ彼の手から落ちる。蹄を再び地面に下ろす前に、巨大な白い種馬はトランペットのように高らかないななきの声をあげる。それは、空のドームそのものから彼へと滝のようになって落ち、あらゆる方向から反響して鳴り響いているように思える。まるで彼を立っているその場に圧倒して、釘づけにするかのように。馬が鼻を鳴らして前脚を地面に下ろし、彼に向かってこようとする。頭蓋骨の中にめらめらと燃える炉があるのではと思わせる、赤く燃える目。彼にはわかる。自分にできるのは、しっかり大地に足を据え、強がって見せることだけ。本当のところ、彼の脚を硬直させてその場に釘づけにしているのは、まったくの恐怖なのだが。その生き物の動きが見えるよりも先に、ギャロップする蹄の音が聞こえてくる。馬は突然彼へと襲いかかり、彼は心臓が激しく締めつけられるのを感じる。しかし、彼の体は直立したままで、すべてはすぐに暗くなり、月も消え、白い馬も消えてしまう。そして、何もない巨大な夜の中、彼は再び一人ぼっちになる。

☆

☆

☆

やぎ髭を生やし、鼻の平たい太った保安官代理が、埃っぽい通りの真ん中に彼を見つける。真っ昼間だというのに、まだ体は強張ってブーツを履いたままだ。おーい、保安官、と保安官代理が言い、地面から縄を拾い上げて上向きにした彼の腕にかけてやる。落ちているライフルも彼に手渡す。トラブルだぜ。町の女たちがとんでもないことをしでかしてやがる。原因は、野蛮人たちにしょっちゅうレイプされているってだけのことなんだが、あいつら慌てふためきやがって、本物の暴動になっちまった。あんたがあいつらと話すべきだと思う。

彼はまばゆいばかりの太陽に向かってまばたきし、両腕を伸ばしてから脇に垂らす。縄が下に落ちる。あいつらと話す？　彼は咳払いをし、よどんだ空気に向かってそっけなく唾を吐く。彼の前にある建物の看板は、彼が刑務所の外に立っていると告げている。レイプなんて、俺は何も知らないぞ。

まあ、あいつらに、そりゃあ悪いことだ、今後そんなことが起こらないよう注意する、とでも言ってやればいいのさ。

一体どうして俺がそんなことをするんだ？

まあ、大したことじゃない。女たちはたいてい、ひどいやられ方をしたと想像しちまってるだけだ。ほかにすることもないからな。パイを焼くとか俺たちの下着を洗うとか以外には。だから、あんたがあいつらと話をして、もしあいつらがあんたの言葉を真に受けないようなら、まあ、そうだな。あいつらをしばらく叩きのめすとか、本物の頭皮を一つ二つ剝ぎ取りに行くとかすればいい。そうすれば、たいていは静まるはずだ。

彼は保安官代理をじっと見下ろす。脂《あぶら》ぎった白い頰にはショットガンの小さな銃弾のような目が埋まり、あたりに乾いた不健康そうな悪臭を放っている。頭皮を剝ぐのはあまり気が乗らないんだが。

そうだろう、保安官。保安官代理はにやりと笑い、ガンベルトにぶら下がっている頭皮に向かって頷いてみせる。でも、それしかないだろう？　あいつらの裂け目が、入れ墨した野蛮なインディアンたちのモノにつつかれ続けたら、あいつらは文明化された男のモノを求めなくなるかもしれない。

まあ、俺は興味がないが。刑務所でしばらくごろ寝でもしてみる。この仕事はまったく疲れる。

そんな暇はないぜ、保安官。あいつらのお出ましだ！　いまや彼女たちの声が聞こえてくる。野蛮人が戦いに向かうときにあげるような、大きな叫び声や金切り声。何百人もいるかのように鳴り響いている。それでいて、視界にはまだ誰も入ってこない。彼の立つ場所から彼方の地平線まで、ほとんどがらんとした空間が広がっているというのに。あのハエ取り草のような連中は、本当に怒っているぜ、保安官。我を忘れちまってるんだ！　気を引き締めて、武器の準備をしておくべきだな。群がるあいつらを撃たなきゃならないかもしれない！

突然、大通りが女たちでいっぱいになる。明るい色の更紗《さらさ》のドレス、ショール、エプロン、日よけ帽といった出で立ちだ。横七、八列になってやかましく行進しながら、ほうきを振り、のし棒を回し、ブリキのポットを打ち鳴らしている。率いているのはしょうが色の髪をした酒場の女性歌手《シャンテューズ》。男たちにベルと呼ばれる女だ。ダンスホール用の衣裳でしっかり着飾り、頬にルビーのピンをつけ、白粉をはたいた胸元を晒している。彼は保安官代理からの鬱陶しい忠告に従って、ライフルをそっと抱える。そして刑務所の木製のポーチを後ずさりながら登り、高みからの眺めを手に入れる。焼けつく太陽の下、女たちは荒々しく決意に満ちた様子で、彼の下に群がってくる。その中に、醜いのっぽの老女がいる。もつれたベトベトの髪にフリルつきのハウスキャップを深く被った女。彼女はたっぷりとしたスカートをぐっと引き上げ、ズロースに手を伸ばし、ピストルを抜き出して宙に向けて発砲する。彼も撃ち、彼女の手から銃が飛ぶ。

ああ、くそっ、保安官め、と女は叫び、負傷した手を両脚の間で締めつける。ちょっと騒ぎ立てようとしただけなのに！

今日は少し怒りっぽいところがあるようね、保安官さん、と女性歌手《シャンテューズ》がウィンクし、両胸をぐっと引き寄せながら言う。よく眠れなかった？

そうだったかもな。さて、この騒ぎは一体何だ、ベル？

悪魔のようなインディアンたちのせいさ、保安官！　やつらはいつだってやりたい放題なんだ！

あたしたちは心が休まらないんだ！　と腰の曲がった老婆がギャーギャー声を立てて言う。手縫いのケープと細長い板状のボンネをつけ、節くれ立って蜘蛛の脚のように細長い指で顎の髭を撫でている。おかしいじゃないか！

それに、やつらのあれのやり方は汚いんだ、保安官、と醜い斜視の女が言う。ベルベットとシルクのウエディングドレスでめかし込み、太った毛深い腹を突き出している。ちゃんとした人間のやり方とは違う。

やつらは女の体のどこにだって、自分のモノを突っ込みたがるのさ、と顔に傷があり、片耳のない母親タイプの女が説明する。もし満足できる穴がなかったら、やつらは新しい穴を作るんだ！　そう言って、彼女はドレスの前をはだけ、彼にいくつかの穴を見せる。

さあ、ちょっと待ってくれ、奥さん――！

それに、あたしの尻に描きまくった汚らしい絵を見てくれよ！　と別の女がスカートをまくりあげながら言う。スカートというよりカーテンのようだ。晒された毛深い尻を見ると、そこは神聖なるバッファローの交配の絵で鮮やかに飾られている。これはひどいわ！

さあ、奥さん、まずはそれをしまって！

何かしてくれなきゃ、保安官！　このひどい苦しみをどうにかして！　と女性歌手《シャンテューズ》が叫ぶ。

努力してるよ！

あたしたちのようなちゃんとした女は、あんな野蛮なやり方に慣れっこないんだ！　とベトベトの髪にハウスキャップを被ったのっぽの老女が叫ぶ。あたしたちの無垢で小さなあそこは、ひどく苦しめられているんだ！

汗をかいた片目の混血女《メスティーソ》が、ピンク色のボンネを脱いで禿げた頭を扇ぎ、唸るように言う。彼に見せてやりな、ベル！　あの残忍な野蛮人たちがあんたに何をやったのか！

ええと、まず、と酒場の歌手が言う。やつらはあたしの両手両脚を、こんなふうにしてつなぎ柱の横木に縛りつけたんだ！　彼女が横木の上に身をかがめると、胸がこぼれ出る。さらに、彼女は自分の足首を摑むのだが、その間、ほかの女たち数人が通りで見つけた古く擦り切れた縄で、彼女をそこに縛りつける。そして、彼女の黒いスカートをまくり上げ、ズロースを引き下ろし、晒された部分をつねったり探ったりする。また、そこをほうきや鍋の取っ手で突いたりもする。

わあっ！　とベルが声をあげ、横棒の上で苦悶に体をねじらせる。揺れる胸が通りをほうきで掃くかのようにかすめる。こんなのまともな趣味じゃないわ、保安官！　こんなのあり得ない！

彼は、この気の滅入るような見世物を終わらせようと、ポーチから下りていく。しかし、保安官代理が彼を引き止め、女たちも彼を押し戻す。さあよく見て、保安官、と天神髭を生やした斜視のうるさい老女が言い、長いいぼだらけの鼻をベルの尻に埋める。でも、近づきすぎちゃだめさ。これは女同士の営みだからね。

じゃあ、ここでは誰も傷つかないわけだな、と彼がぎこちなく言うと、女たちみんなが笑う。女たちの黄色い歯の隙間が覗く。

誰にも傷ついてほしくはないね！　と片目の混血女《メスティーソ》が叫び、黒い葉巻を剛毛の生えた顎に押し込む。そして体を起こし、ベルの高く持ち上がった下半身を、バター用のヘラで音を響き渡らせながら叩く。腰の曲がった老婆が続き、ボンネから引っ張り出したヘラの木片で女性歌手《シャンテューズ》を打つ。ほかの女たちも手近にあるものを手に加わる。ガンベルトやフライ返しから、馬用の鞭、かみそりの革砥、スープ用のおたままで。ベルは打たれるたびに叫び、悲鳴をあげる。ああ、あの汚らしい異教徒たちめ！　やつらがあたしに何をやったのか、ちゃんと見ているんだよ、保安官！

女たちの何人かは、いまや自分のスカートをまくり上げ、犠牲者の剝き出しの尻を自らの足で蹴りつけている。まるで、あの野蛮人たちの究極の侮辱的行為をパロディにしているかのようだ。ベルは呻《うめ》き、唸り、すすり泣きながら心の傷について何か話している。見ているとひどく心が乱れる光景だぜ、と保安官代理が言ってガンベルトを外し、ポーチを下りていく。

よし、よし、ちくしょう！　と彼が叫ぶ。わかったさ。保安官代理はすでに熱い通りに下りていて、太った尻を半分見せている。しかし、彼は急に止まって振り返り、ずんぐりした両手の拳でズボンを持ち上げながら言う。それで、この件では俺に何をしてほしいんだ？

あたしたちは、この地にちょっとした法と秩序がほしいんだよ、保安官！　と汚れた鼻をもつ斜視の老女がしわがれ声で言う。まだ脚を広げて女性歌手《シャンテューズ》の尻を蹴飛ばしている最中だ。厚手のズロースは骨張った両足首にまとわりついている。蹴るたびに、天神髭の先がベトベトしたカラスの羽のように上下する。あたしたちは正義がほしいんだ！　おー！あたしたちがほしいのは――うおーっ！――死んだインディアンだ！

女たちすべてが血と正義を求めて叫び声をあげ、鍋やほうきの柄を打ち鳴らし、隠していたピストルを撃ち、重々しい興奮をもり立てる。この手の仕事からは手を引く時期だと思いながら彼がバッジを手でいじくっていると、保安官代理がバックルを留めながら大声で言う。やかましい、このババアども！　静かにして、保安官と俺に考える時間をよこせ！　そして、保安官代理は彼を刑務所の戸口に引きずるように連れて行き、じめっとした声で囁く。保安隊を呼ぶタイミングだ、保安官。

彼は頷いて溜め息をつく。選択肢はそれほどない。バッジは外れそうにない。何かに引っかかっているのだ。彼も同じ。この辺境の地は荒れ果てている。彼はかつて辺境開拓移民の墓地《ブートヒル》——とあるブートヒル——で自殺者の墓石に書かれていたことを思い出す。〝自分自身になるために彼はここにやって来る。しかし、自殺するまで彼は必要なことを何もできなかった。そして、自殺も必要なことではなかった。気の毒に。安らかに眠れ〟。彼は振り返り、ガンベルトに両手の親指をかけて群衆に向かい合う。女たちはみんな消えている。残っているのはダンスホールの女性歌手《シャンテューズ》だけ。彼女は相変わらずつなぎ柱の横木の上に覆い被さって両手両足を縛りつけられたままだ。通りは男たちと馬でいっぱいになっている。

行きたくてうずうずしているんだがな、保安官！

わあい！　出発しようぜ！

彼はそうしようと思う。自分の義務なのだから。しかし、わかってはいるのだが、彼にはできない。悪いな、みんな。俺なしで行ってくれ、と彼が言う。

それはできんよ、保安官。あんたなしじゃ、ちゃんとした保安隊じゃなくなっちまう。

ああ、残念だ。だが、どうすることもできない。

保安官には馬がいないからな、みんな、と保安官代理が説明する。

いない？　どうしたんだ？

保安官は白い種馬に乗るんだと思っていたんだが。

その通り。あの傲慢な生き物はどこへ行ったんだ？　連れ戻しに行けよ、保安官代理。

あの白い種馬に再び会えるという見込み、そしてさらにはそれにまたがるという予感。それによって彼は元気づけられ、頭皮剝ぎの一団と共に馬で出発する気になる。しかし、その動物は日の光の中ではやや違って見える。少なくとも白くはあるのだが、実際のところ、背中の曲がった年寄りのラバのようなのだ。馬具はない。鞍や馬勒すらない。縄が一本、ごつごつした背峰のまわりに巻いてあるだけ。何回か挑戦してやっと馬上に座るが、そのときには、保安隊は彼方の地平線上の埃にすぎなくなっている。彼はその老いぼれた生き物の脇腹に鋭く拍車を入れ、だいたいの方向へと重々しく進み出す。

じゃあ、お元気で、保安官さん！　と女性歌手《シャンテューズ》が、とぼとぼと通り過ぎる彼に両脚のあいだから声をかける。彼女の乳白色の尻は真昼の太陽の下で輝いている。あたしたち正義の民はみんな、あんたを頼りにしているんだよ！

ああ。日焼けで水ぶくれだらけにならないようにな、と彼が言う。

☆　☆　☆

彼の老馬は脚が一本短いに違いない。彼が何度馬の鼻を別方向に向けても、町は相変わらず彼の右手にある。町のまわりを回っているかのように。いやむしろ、彼らはある車輪の縁に乗っていて、町がその中心《ハブ》であるかのようだ。彼がのろのろ進むと車輪も回り、女性歌手《シャンテューズ》の輝く小さな尻――刑務所前にあるつなぎ柱の横木に覆い被さっている――が、常に等距離に見える。彼女の尻は〝指名手配人〟のポスターのように、そこに釘づけにされているのだ。このうえなく荒涼としてわびしさを感じさせる光景。惨めな町は、通り過ぎる風に吹き集められた残骸のように、何もない大平原にぽつんと存在している。それでいて、消え失せることはない。保安隊を見失ってだいぶ経ち、彼は縄を引っ張ったり下にいる動物を蹴ったりするのにも疲れてくる。そこで彼は奇妙な景色に身を任せ、この気難しい生き物が連れて行こうとする方向に進み続ける。かつて彼が砂漠でまだ一人ぼっちだったとき（いま、その記憶が戻ってきている。彼がムスタングを撃つ直前か直後のことだ）、骨組みだけの残骸となった古い幌馬車に出くわしたことがあった。それは横倒しになって、砂に埋まりかけていた。ボロボロのわずかな幌布が残っているだけで、死体の残りや見捨てられた家財はなかった。だいぶ前にきれいに剝ぎ取られていたのだ。しかし、その幌馬車について印象深かったのは、スポークのついた木製の車輪の一つが、よどんだ空気の中でまだくるくるとゆっくり回っていたこと。まるで、時というものがあった頃の時の刻みを思い出しているかのようだった。彼はしばらく鞍に座ったまま、回る車輪をじっと見つめていた。自分の思いでそれを止め、この災難を終わりにしようとでもするかのように。しかし、車輪を見つめれば見つめるほど、彼は車輪から遠ざかるようだった。とうとう車輪は姿を消し、彼は再び進んでいた。向こうの町は地平線上で揺らめきながら、目的地のふりをしているのだった。

いま、彼はその町のまわりを回っている。銃声や、大きな叫び声や、ドスンドスンという蹄の音が前方から聞こえてくる。しかし、それを説明するようなものは何も見えない。以前は気づかなかった緩やかな勾配のために、前方に何があるにしても、それがよく見えないのだ。そこに向かってとぼとぼ進んで行くにつれ、町はしぼんでいくように見える。そして、再び土地が平らになると、こなごなになるほど撃たれた古い木製の小屋が姿を現わす。老人が一人、小屋の前の地面で大の字になっている。彼はのらくらした痩せ馬を、老人が倒れている場所に向かわせる。あるいは、馬が自らそこへ向かっているのかもしれない。彼は老人の上に体を傾け、大丈夫かと訊いてみる。

ああ、と老人が呻く。十六箇所も撃たれた。やつらは俺の片腕を切り落として食っちまった。髪の中にはいまも永久に治らない傷があって、首の骨まで達している。尻には矢が一本刺さっている。俺が大丈夫なわけがあるか？　この二本脚のばか野郎。

ああ、ええと、それならいいんだ。あんたが苦しんでいるかもしれないと思ったんでね、と言って彼は背を反らせる。この偏屈じじいの悪臭が漂ってくるのを感じたのだ。老人は金脈漁りのように見える。内臓を取り出したシカ皮の汚らしい袋を首から下げている。かつては砂金入れだったに違いない。服は古いボロ布を縄のベルトで縛ったパッチワーク状のものだ。顔は汚い剛毛だらけで、その中に覗き穴のような目が二つついているだけ。その目を細め、柔らかいスローチハットの折り上げたつばの下から、太陽の光の中にいる彼を見上げている。

やけにいかした服を見せびらかしていやがるな、相棒、と老人が言う。房飾りだの、飾り紐だの、ヤマアラシの針だの、おまえは東部のしゃれた宝石箱のような棺《ひつぎ》よりもけばけばしいぜ。棺と言えば、もうすぐ入ることになるから、いまものすごく欲しいんだがな。

俺のものではない。もらいものだ。

そうかい。老人の倒れた体が波打つように震える。服にいる害虫が動いているのかもしれないが。そのけばけばしいピストルだが、と震えが通り過ぎると老人があえぎながら言う。おまえは使えるのか、それとも見せびらかしているだけか？

使える。使わなきゃならんときにはな。

じゃあ、おまえは眼福ってやつだな、若造。言葉通りの意味だぜ。ほとんど体じゅうが痛むんだが、目をくらませるほど白いおまえのテンガロンハットに、俺の目はすっかりやられちまってる。まさか、おまえは南部人じゃないだろうな。

正しくは言えない。俺はどちらか一方の側につく男じゃない。

老人はその言葉にカッカッと乾いた笑い声をあげる。そのまま胸をかきむしるような空咳の発作を起こし、固い地面のうえでメキシコトビマメのように体を弾ませる。ああ、くそっ、とけいれんの合間にときどき愚痴めいた言葉を絞り出し、頭を振る。すると、悪臭のする粘液が老人の耳から漏れ出てくる。どこでその大きな白い種馬を手に入れた、若造？ そういう馬はすっかり絶滅したと思っていたが。老人は頭を動かして、黒っぽい唾を剛毛の中の穴から吐き出す。そいつを売りたいか？ 千ドル出すぜ。

それはまた、かなりまともな提案だ。

つけでだぜ、もちろん。無法者の馬泥棒が俺のものを全部盗みやがった。銃撃戦が一日じゅう続くあいだ、俺は自分の小屋に隠れていた。何百というやつらから距離をとってな。一時はまったく祭りのようだったぜ。弾薬を使い切る前に、俺は五十人やっつけたはずだ。

あの最低な無法者、こそ泥野郎どもをな。残りのやつらとは素手で取っ組み合わなきゃならなかった。そのときだ。あの野蛮人どもが俺の腕を食い、そこらじゅうにナイフを突き刺してきた。だが、俺の横にもう一挺銃があったら、あの役立たずのカウボーイ野郎たちをぶっ潰してやったかもしれん。で、どうしてここに着くのにこんなに長くかかったんだ?

噂を聞いただけだったから、とでも言っておこうか。彼は不毛な平原を見回す。でも、あんたが殺したやつらはどうした?

さあ。そのあたりにいないのか? 引きずられてったんだろうな。やつらを丁寧に扱ったりはしなかったから、死体はかなり見苦しかったぜ。それでだが、おまえはどう呼ばれている、よそ者?

べつに。ただの保安官だ。

なるほど。俺は〝ゴールディー〟と呼ばれている。金《ゴールド》を手にしたことも見たこともないがな。金がどんなだか、見てもわからないだろうよ。〝牧師〟と呼ばれることもある。品よくしゃべるからだ。あるいは、〝ミスター・めかし屋〟とも呼ばれた。いかした服装をしているからな。でも、もうすぐ〝眠れる美女〟と呼ばれるようになる。今度だけは意味が通じるだろう。老人は顔じゅうに広がる毛のあいだから、再びカッカッと笑い声をあげる。そして突然、小さな目を細め、遠吠えのようなわびしい声をあげる。地面の上で急に向きを変え、ボロボロのフランネルのシャツの襟を、まるで引き裂こうとするかのように、使えるほうの手で掴む。もう片方の腕は肘より下の部分がなく、かじり取られた骨が出ているだけだ。ああ、この野郎、こんな惨めな状態になっちまった！　老人は苦しそうに息をしながら、ときどき言葉を絞り出す。ちくしょう！　噛みタバコを余分にもっていないか？

いや。そういう蓄《たくわ》えはない。

ちぇっ！　役に立たねえ野郎だな。死にそうな爺さんの話し相手になるくらいなもんだ。それについても、俺は得意じゃないよ、爺さん。実際、そろそろ行かなきゃならない。行く前に、ほかにしてやれることはあるか？

ほかにしてやれることとは、どういう意味だ、このいまいましい野郎め。おまえはまだ何もしていないじゃないか！　まあいい。親切にする気があるなら、このボロボロの老体が中に入るのを手伝ってくれ。この太陽の下にいたら干上がっちまう。

ああ。彼はくぼんだ馬の背から滑り下りる。そして、自分が座っていた部分についてあることに気づく。その動物に塗られていた白い色を、彼はこすり落としてしまったのだ。かさぶただらけの黒い部分が見え始めている。年老いた金脈漁りは、着ているボロや生やしている毛とほとんど同じ重さだ。まるで乾燥したビーバーの皮、あるいは腕いっぱいの回転草《ダンブルウイード》を拾い上げるかのような感覚で、老人が放つ悪臭が最も重々しい。気を失わないように、口で呼吸をしなければならない。あんたは腐っちまってるな、爺さん、と彼はぶつぶつ言い、顔を背ける。

わかってる。仕方ないんだ。だから〝スイートピー〟って呼ばれるんだよ。老人がパチンと音を立てながら剝き出しの腕の骨を彼の首に回し、摑まってくる。すると、何か危険で恐ろしいものにしっかりつながれているかのように感じる。で、どうしてこんな燃え尽きたケツの穴みたいな場所にやって来た、若造？　おまえの尻に火をつけたのは何だ？

さあな。思い出せない。俺はいつもここにいたような気がする。

おまえの言いたいことはわかる。ここは違うんだ。ほかの場所のようじゃない――実際、ここは場所なんかじゃない。どこでもない場所のようなもんだ。そこに行こうと思うんだが、そこのほうがおまえに向かってやって来る。こんなにでかいのに、おまえの中に入り込み、おまえもそこの中に入り込む。そしてとうとう、おまえとそこがほとんど同じものになる。すごいだろう！　いろいろなことが起こるが、そこに秩序はない。おまえは俺より千歳年寄りかもしれないし、若いかもしれない。どちらかはわからない。いまは昨日なのかもしれないし、明日なのかもしれないし、同時にその両方なのかもしれない。何だかわかるか？　教えてやろう。それが神秘ってやつだ。そう思わないか？

たぶんな。そんなに深く考えていないんだ。

ああ、そうだろう。すまんな、こんなおしゃべりしちまって。これが俺に残されたすべてなのさ。でも、言葉はまったく関係ない。ちくしょう。わかってるんだ。ここ準州では行動が物を言う。どこかの法にもそう書いてあるよ。でも、行動はどこへ向かうんだ？本物のように思えて、意味がないようにも感じられる。〝ポケットの中には何があるかな〟ってな感じだ。俺がまだポケットを持っているとしたらだが。ああ、俺にはわかってる。どうして俺がここに来たか、何が俺の惨めな尻に火をつけたのか。荒っぽい生活をして原住民を丸め込むのが好きな野郎もいれば、無から何かを作らずにいられないやつもいる。でも、俺について言うと、俺を引きずり出したのは、古くて平凡な黄金伝説だった。人が欲しがるものすべてがそこにある、想像を絶するものさえそこにあるという話を耳にしたんだ。木々には高価な宝石の鎖がぶら下がり、木々のあいだに金の鉱脈があると聞いた。このうえなく純度の高いウィスキーが流れる川や、従順で美しい女、若返りの泉なんてものまであるらしい。ちくしょう。俺もそのおこぼれが欲しかった。そうじゃないやつなんているか？　俺は聞かされた通り、壮大な冒険という大胆なステージに乗り出したかった。いいか、若造？　さあ、近寄れ。もう力尽きそうなんだ。

そうらしい。でも、あんたの息はひどいんだ。

わかっている。だから俺は〝赤ちゃんの息〟と呼ばれるんだ。でもいいか、そういうものなんだ。ステージなんだよ。俺はついに理解した。自画自賛のためのステージってわけだ——まったく、本当にステージみたいに見えるんだ——そして悪いことに、俺たちは出発すらしないうちに、そういうもんだとわかっている。だから、金がどうしたってことじゃまったくない。土地や自由についてでもない——フー！　自由だって、くそっ！——荒野を文明化するとか、異教徒の外被を野蛮な心から取り除くとかいうことでもない。ああ、違う、まったく違う！　重要なのは、さあよく聴いてくれ、重要なのはスタイルなんだ。ほかには何もない。殺しはもちろん別だ。殺しなしにはスタイルを持つことすらできない。でも、簡単だ。誰にだって殺しくらいできる。食べたり屁をしたりするようなものだからな。ただし、気品を持ち、ちょっとした粋な身なりや独自の新趣向を取り入れた殺しとなると、そんなのは滅多にない。そういう殺しによって名は残っていく——本当の名前か偽名か、そんなことはどうでもいい——だが、名は泥のようにこびりつき、ほかのみんなを吸い込んでしまう。そして、いいか若造、このことを知らない限り、この地ではどこにもたどり着けない。俺が言おうとしているのは、耳を突き出して被るいかしたソンブレロみたいなもんだってことだ。俺が知る限り、帽子の下にあるものは干からびた馬糞の山にも値しない。

ありがとよ、爺さん。かなり励まされた。特に、あんたみたいなスタイリッシュな紳士からのお言葉だからな。でも、俺はどこかにたどり着こうとはしていない。

彼の言葉を証明するかのように、彼は戸口で痩せた長髪の男に制止される。黒いスーツに山高帽の男。運んでいる道具一式の様子からして、写真家だ。そのうすのろ爺いを中に入れるな、と男が言う。中は光がひどいんだ。臭いについちゃ何も言わないがな。やつは死にかかっている。中に入るのは最後の望みなんだ。それに、ひどく傷ついている。

どうだか。まあ、やつにとってもほかの誰にとっても、そんなことはすぐに問題じゃなくなるさ、と写真家が応える。そして、金歯を剝き出しにした歪んだ笑いを浮かべ、道具を準備する。すべては移ろいゆく。それはいい知らせだ。さあ、やつをこの椅子に座らせてくれ。やつがついにくたばったら、後世のためにやつの胸糞悪い死骸を撮影するから。

年寄りの金脈漁りは、自分の写真を撮ってもらいたいと思っているようだ。実際に写真を撮られるとき、本人は死んでいるのだが。だから、写真家が銃弾で穴だらけになった小屋から椅子を引っ張り出してくると、彼は老人をしっかり座らせる。俺を横に傾けてくれ、お二人さん、と金脈漁りが苦しそうに息をしながら言う。尻の矢の上に座らなくていいようにな。

汚ねえ爺いだな、とレンズを覗く写真家が、黒いフードの下からぶつぶつ言う。ベトベトの黒髪が布の下から蜘蛛の脚のように出て、ぶらぶらしている。ヤマアラシのケツみたいだぜ。やつにつるはしと選鉱鍋を取りつけてやれ。半人半獣みたいに見えるようにな。

彼はその通りにする。さらに、写真家の指示通り、老人に古風な腰ベルト用ピストルをつけ、スローチハットをまっすぐに被せる。そして、背のくぼんだラバに再びまたがり、進み続けようとする。おまえに必要なのはな、若造、と偏屈な老人が声をあげる。それは、ちゃんとした相棒だ。老人は噛み切られた腕の骨を彼に向かって咎《とが》めるように振る。あるいは、さよならと手を振っているだけかもしれない。彼が見た最も剝き出しな行為だ。俺は喜んで相棒になってやっただろうが、おまえは来るのが遅すぎた！

わかってる、と彼が言う。時間通りだったことは一度もないようだ。それが、俺のスタイルに違いない。

これが新たな発作を引き起こす——カッカッという笑い声、ぜいぜいする息、くぐもった吐く音。その惨めな光景から、彼は馬に乗って離れていく。その間、町はついに沈んで視界から消え、彼は再び何もない大砂漠で一人ぼっちになる。

☆　☆　☆

暗い。再び月のない砂漠の夜。彼はついにはぐれた保安隊に出くわす。保安隊のいる場所がわかるのは、キャンプファイアや苦々しい笑いのためではない。保安隊がまわりに集めている牛の巨大な群れがモーと鳴くからだ。遠くに見える火が群れの奥のほうで揺らめいている。動いている迷路の中心が、ろうそくに照らされているかのようだ。保安隊は大草原一帯を、こののろのろ歩く動物でいっぱいにしている。彼は何千という牛のあいだを通り抜けて行かなければならない。大鎌のような角を避け、自分が乗っている気乗りしない馬をけしかけねばならないのだ――馬はいま、天気に影響されない下の部分のみ白い。まるでねばねばする筋肉の海の中を、頑固な潮に逆らって押し進むかのようだ――海や潮についてどうして知っているのか、それすら彼にはわからないのだが。牛たちに囲まれると、周囲何マイルにもわたってほかには何も見えなくなる。牛たちの淡い色をしたこぶの上を、筏のように永遠に運ばれていく運命なのだろうか、と心配になる。いずれにしても、彼の筏である馬の古びたすねがくずおれるまでは、運ばれ続けるのだろう。牛たちの並んだ脇腹のあいだに隙間が開くと、彼はそこに向かって押し進む。後ろから押されたり突かれたりしながら、新たな隙間をこじ開けようと、ライフルの銃身で押したり突いたりする。しかし、彼の前進はゆっくりで、方向も定まらない。揺らめく火の明かり自体がいまや見えなくなっている。

　やあ、保安官。お出ましの頃だと思っていたぜ、とぶつぶつ言ううつろな声が背後でする。彼はウィンチェスター銃を太腿に載せ、傾いた鞍の上でかがみながら振り返る。保安隊は彼のすぐ後ろにいる。炊事車の横で音を立てて燃えるキャンプファイアを囲み、みんな座っているのだ。煙草を吸ったり、嚙み煙草を嚙んだり、げっぷをしたり、マグやボトルから酒を飲んだりしている。顔に傷のある痩せた禿げ頭の男が、帽子を紐で首から背中にぶら下げ、オカリナを吹いている。その低く嘆き悲しむような音は、牛が遠くでモーと鳴く声によく似ている。その夜、彼が聞いてきたのは牛の鳴き声だけかもしれない。ほかには、牛たちの擦れ合う体がドシンと鈍くぶつかったり、カサカサ音を立てたりしていたくらいだろう。皺くちゃの山高帽と眼帯を身につけた片耳の混血男《メスティーソ》が、削っている最中の古く白い杖から視線を上げる。火の明かりに照らされたいいほうの目は、熱いコインのようだ。混血男《メスティーソ》が訊く。なんでこんなに遅くなっちまったんだ？

　保安官は出かけていたのさ。小道を切り開いていたんだ、ともう一人が言う。それを聞いてみんなが喚声をあげ、野次を飛ばし、おならを一つ二つする。

眼鏡をかけた、しなびたせむし男――銀行家のズボンをはき、懐中時計入れポケットのついたベストを着ている男――が、炎に唾を吐いて言う。まあ、遠慮するな、保安官。こっちへ来てちょっと尻でも休ませな。

彼は肩をすぼめ、膝の動きとライフルの台尻を叩く音を使って、老馬の細長い脚をゆっくり火のほうに向けさせる。しかし、この老馬は頑固な生き物だ。彼が何とか言うことを聞かせた頃には、牛たちが再び彼のまわりに群がり、キャンプファイアは後退してしまったように見える。彼とキャンプファイアとのあいだには、一ダースほどの雌牛の瘦せた尻がある。しっぽは宙に向いている。

おやおや。こっちまで雌牛とファックしながら進まないといけないみたいだな、保安官、と筋骨たくましい歪んだ顎の無骨者が言う。頭にはバンダナを巻き、薄く黒い口髭を生やしている。

いや、雌牛たちは保安官を気に入ってない、とせむし男がぶつぶつ言う。あいつらがしっぽを上げているのは、あのハンサムな白い種馬のせいだ。

あの馬は本当にきれいだ。俺までみだらな気持ちを抱いちまう。

みんな、いいか、と斜視でごま塩髭の老人が説教でもするように言う。あんな馬にまたがるなんて、もう一度生まれ変わるようなもんだ！

みんなが野外の伝導集会のスタイルで同意し、うやうやしくボトルからウィスキーを飲む——あるいは、またがられたらな！　ヤー！　ホー！　アーメン、ブラザー！——しかしその間、雌牛たちは彼をどんどん遠くへと押し出していき、とうとう彼には向こうの様子がわからなくなる。帽子を被った黒い影の群れが消えた火を囲み、牛でできた黒い海の中にぽつんと浮かんでいるだけだ。黒い空を背にしてぼんやりとかすかに光る炊事車の姿は、何かを隠す衝立のように見える。

おーい、保安官！　と男たちの一人が叫ぶ。どの男かはわからない。はるか彼方の叫び声は、形のない平原の夜にほとんど消えてしまう。どこに行くんだ？　豆が冷たくなっちまうぞ！

いま彼の目に入るのは雌牛たちの尻の穴ではなく、雄牛たちの頭部ばかりである。角のある頭を下げて、危険な状態だ。実のところ、彼の惨めな老馬が相変わらずまっすぐ立っている唯一の理由は、馬を串刺しにした一頭の雄牛が、両角をはらわたに突っ込んだまま、もうほとんど死んでいるその生き物を掲げているためだ。はるか遠くのキャンプファイアは、シガリロに火を点そうとしているマッチと同じくらい実質がなく見える。馬が完全に死んでしまう前に、彼はライフルの撃鉄を引き、雄牛の耳の後ろ下方を撃って飛び下りる。その瞬間、空気が抜けていく風船のように馬も雄牛もくずおれる。ほかの雄牛たちは威嚇するように地面をひっ掻いているが、彼はその牛たちもライフルで撃ち倒す。それから六連発銃を取り出して撃ちまくり、空間を切り開く。鋭くショッキングな銃声が静まり返った夜に響き渡る。彼のまわりの牛たちは混乱し、あらゆる方向にやみくもに逃げ出す。互いに攻撃し合い、そのまわりにいる混乱した群れにも突撃する。水に石が一つ投げ入れられたときのように、恐怖が広がっていく。すぐに、群れ全体がどこへ向かうともなく動きだす。牛たちが蹄を雷のように地面に打ちつけ、寝袋を振り広げるときのような音を立てて体をぶつけ合い、地面が震動する。狂気じみた目をした何頭かは、まっすぐに彼めがけて走ってくる。彼は一歩も引かず、ぐらつきつつも一頭一頭倒していく。弾丸を雌牛のまぬけな脳みそに浴びせ、銃が彼の両手の中で熱くなる。牛たちが逃げ出すときの叫び声は、耳が聞こえなくなるほどだ。一度ならず、彼は地面から伝わる激しい震動に、膝をついてしまう。しかし突然、石版が消されるかのように群れ全体が夜の中に消え、すべてが静まり返る。

彼はピストルをホルスターに収め、落ちたライフルを拾い、再び弾丸を込める。そしてキャンプファイアに向かって、徒歩での長旅に出る。彼が戻っていく道筋には、シルエットとなった死骸がでこぼこのマイル標石のように並んでいる。彼はそれをまたいだり避けたりしながら進む。通り過ぎる牛たちの中にはまだ死んでいないものもいて、大きく潤《うる》んだ目で哀れみを誘うように彼を下から見つめてくる。短くも鮮やかな死を迎えさせてやろうと、彼はライフルで牛たちの目を撃つ。

キャンプファイアで、彼はぶつぶつ言う声や唸るような声に迎えられる。罵りの言葉以外は理解不能だ。ほとんどが罵りの言葉なのだが、聞いていても意味を成してこない。もう一度言ってくれ、と彼が言う。

あんたは俺たちの牛の群れにひどい損害を与えたと言ったんだ、保安官、と上唇の薄い歪んだ顎の無骨者ががみがみ言う。実際、群れはもういない。俺たちはあんたから給料を差し引かなきゃならない。

それはいいニュースだ。給料をもらえるなんて知らなかった。

まあ、大した額じゃない。俺たちが見たところ、今夜の荒らしぶりからして、あんたは俺たちに約四十年間借金があることになる。

それに、ここには俺たちのセンチメンタルな感情は入っていない。あの哀れな可愛い牛たちへのな、と説教師じみたごま塩髭の男が言う。そして、岩からトカゲを摑んで火へと投げ入れ、それがのたうつのをじっと見つめる。俺たちは、徹底的に奪われちまったんだ。

彼は男たちを冷たく見つめ、曲げた片腕にライフルを抱える。まあ、それはまったく嘆かわしいことだな、と彼が言う。だが、おまえたちはあの牛たちをどうしていたんだ？

インディアンの頭皮を狩っているんじゃなかったのか？

ま、それについての問題はだな、保安官、とせむし男が言い、一噛み分の煙草をごま塩髭に覆われた頬の中に押し込む。俺たちは野蛮人どもからすっかり手を引いたんだ。皮をまだつけている生きたインディアンなんて、もうだいぶ長いこと見ていない。男は火に向かって唾を吐き、ジュージュー言わせる。

だが、あの虐待された女たちについてはどうする？

何の女たちだって？

そうだ、と混血男《メスティーソ》が鼻を鳴らして言い、削っている杖からいいほうの目を上げる。はは！　女たちだと！

男たちはその言葉にばか笑いして口笛を吹く。オカリナ奏者がダンスホール用の曲を吹くと、しばらくしゃがんでいたデブの男が立ち上がる。天神髭を生やして蠟《ろう》で固め、豚のような目をしている。男はズボンを下ろし、火に向かって尻をくねらせる。

ええとなあ、と斜視の老人が傲慢な態度で言う。俺たちはたしか、死んだインディアンの頭皮を手に入れようと、古い墓地を掘り起こしに行ったんだ。がっかりさせないようにな。あっちの鞍袋に入っている。あたりにひどい臭いをまき散らしているが、ご自由にどうぞ。

でも、大事なのはそこじゃない。おまえたちはみんな保安官の代理なんだぞ。

ええと、俺たちは自ら保安官代理をやめたんだ、保安官。ちっとも面白くなかった。それで、俺たちは代わりに酪農を始めた。

頭皮剝ぎよりよっぽどいいぜ。

いいものが食えるしな、と太った男が尻をしまってボタンをかけながら言う。ぶっ放すのが好きなばかがやって来て、牛たちを追い散らしたりするなら別だが。ほかの男たちはその言葉に騒いだりぶつぶつ言ったりする。太った男はずんぐりした黒い葉巻の吸いさしを炎にかざし、再び火を点ける。

俺にはよくわからないんだが、どこであいつらを手に入れた？

あいつらを手に入れた？

家畜のことだ。

ええと、俺たちはだな、ああ、俺たちはあいつらを借りたんだ、と斜視でひょろひょろの小さな男が骨の破片で歯を掃除しながら説明する。

あの牛たち全部を盗んだってことか？

まあ、その行為に名前をつける必要はないさ、保安官。でも、こんな場所で、ほかにどうやって牛を捕まえるっていうんだ？

俺たちはあいつらを順番に回しているだけだよ、わかるだろう、とせむし男が言って、ワイヤー縁の眼鏡越しに彼を見上げる。頬は嚙み煙草でいっぱいだ。そして、再び火の中へ唾を吹き飛ばす。それが俺たちのやり方さ。

わからんな。俺は法を読んだことはないが、お前たちは法を破っていると思う、と彼が言う。

男たちみんながぼんやりと彼に微笑み返す。破ってねえって！

法を破るってのはだな、保安官、とデブの男が葉巻の短い吸いさしのあたりから声を出す。ほかのやつらの牛を銃で撃ち、群れを追い払うってことだ。クソ準州全土にわたって、それは死に値する罪だ。その罪を犯したら、俺たちはあんたを絞首刑にするしかない。法を守るためにな。

もちろん、あんたが大急ぎであとを追い、牛たちを連れ戻すんなら別だ。

どうやってやるんだ？　あいつらはてんでんばらばらに逃げちまった。

そんなこと知るか、保安官。あんたの首がかかってるんだぜ。あんたが考えろ。

この悪党は自分の憎むべき罪を正そうとしないようだな。

それを悔いたりもしない。とんでもない悪党だ。

唯一の問題は、どこでやつを絞首刑にするかだな。ここには木もないぜ。

炊事車を使えるさ、とデブの男が言う。そして、一巻きの縄を取り上げ、肉切り包丁で切り取ってみせる。高さが足りなかったら、炊事車に馬たちをつないで、やつを後ろで引きずればいい。

そこでやめておけ、ばかども、と眼帯をつけた片耳の混血男《メスティーソ》が言って立ち上がる。保安官にちょっかいを出すな、俺が保安官代理のあいだはな。

そうかい？　じゃあ、おまえはどうするつもりだ、この胸糞悪いメキシコ野郎？

どうするか見せてやるさ、この惨めな尻でか野郎、と混血男《メスティーソ》が怒鳴って白い杖を投げ、杖を削るためのナイフを手にデブの男に飛びかかる。デブの男は不意を突かれ、ナイフが股間に突き刺さる。侵略してきた刃に弾がはじき出されるかのように、唇の間から葉巻の吸いさしが飛び出す。しかし、デブの男も何とか自分の肉切り包丁を、グサリと混血男《メスティーソ》の腹へ埋め込む。二人は唸り、よろよろとあとずさってから、再び互いを刺し合う。

よう！　そこまでにしておくんだ、お前たち！　と彼が声をあげ、ライフルを持ち上げる。やめろ！

まあ、他人のことに口を出すのはやめておけ、保安官、と斜視の老人が言って、彼のライフルを払いのける。あんたの知ったこっちゃない。

だが――！

ほかの男たちが彼を摑み、両腕を後ろで固定する。あんたのクソ権限外のことだ、保安官、と男たちは唸るように言い、彼を地面から持ち上げて、両足首を縄で縛る。

防御はどちらの男のテクニックにおいても重要ではない。自由なスタイルで襲いかかり、何度も何度も互いを切りつけ合う。巧妙さよりペースやしつこさの問題だ。血まみれの二本のナイフがキャンプファイアの光を捉え、反射しながら互いの体を出たり入ったりしている。保安官代理がもう片方の耳と声帯を失う。内側はさらにひどいことになっているに違いない。デブの男は口を耳から耳まで届くほど広げて微笑み、固まった天神髭が擦れ合ってカチリと音を立てる。そして、何度も突き刺された腹からは、はらわたが流れ出す。しかし、どちらの男も一歩も引かない。ヒュッ、ヒュッ、ヒュッ、と二本のナイフが動く。彼には見ていることしかできない。二人とも血やら怪我やらでいまや目が見えず、何度も、何度も、何度も刺される。保安隊のほかの男たちが二人に声援を送り、片方に金を賭け、二人がよろめいて離れそうになると、戦いへと押し戻す。最後には、肉切り包丁が混血男《メスティーソ》の肋骨に当たってポキンと折れ、武器を失ったデブの男がドサッと崩れ落ちる。混血男《メスティーソ》がデブの男の首の後ろを両手で力一杯刺し、屠殺のやり方で息の根を止める。

切り刻まれた保安官代理は、その場に立ってゆらゆらしている。皺くちゃの山高帽を被り、胸には折れた刃が刺さったままだ。体は百箇所も切られて開き、中身を晒している。

しかし、誰とでも戦う準備ができているかのように、血にまみれたナイフを突き出している。火が切り刻まれた顔の上でまだらにちらちら光り、後ろにある炊事車に大きくぼんやりした影を投げかける。

よし、よし、保安官代理、わかったぜ、と筋骨たくましい無骨者がイライラして言う。でも、俺たちの牛はどうする？

保安官代理は、声帯が切られて喉の傷口からぶら下がっているので、応えることができない。しかし、禿げ頭のオカリナ奏者のほうを向き、ナイフでジェスチャーをしてみせる。

おまえの愛しのオカリナで一曲お願いしたいみたいだぜ、と眼鏡のせむし男が言う。

オカリナ奏者は大きく骨張った両手で楽器を包み込むように握る。それから光る頭を火に向けてかがみ、もう一度モーと鳴く牛のうめき声を真似る。ほぼ同時に、トランプをパタパタとシャッフルするほどの速さで、平原が草を食《は》む牛で再びいっぱいになる。

男たちは彼を下ろし、足首の縄を解《ほど》いてやる。彼は落ちているウィンチェスター銃を拾い上げる。こういうことができるんなら、どうして騒ぎを起こすんだ？　と彼が文句を言う。

ああ、保安官、俺たちのことは気にするな、と説教師じみた男が斜視の目でウィンクして言う。男たちは切り刻まれた太った男を火の向こうの暗闇へと引きずっていく。俺たちはちょっとふざけているだけなんだ。カウボーイがいつもやっているような、ちょっとばかげた楽しみさ。俺たちの本性ってやつだ。さあ、あんたも座って、豆とバッファローのこぶでも食べたらどうだ。

腹はへってない。彼はむしろ腹ぺこに近かったが、男たちの食べ物は食べられる類のものには見えない。でも、ウィスキーならいただこうか。

ほう。星があばたのように散らばった空から、静寂が落ちてきたかのようにあたりは静まり返る。きっとあんたは飲まないぜ。

誰も動かない。男たちの表情はうまく読めない。火が消えかけて炭となり、男たちの顔を深い紅色に染める。赤く分厚いマスクの後ろで、ほとんどの男たちがニヤニヤ笑ったり、彼を空虚な眼差しで見つめたりしているようだ。彼がどうするのか見極めようと待っている。仕方がない。欲しいものがあれば、自分で何とかするしかない。そして、すでに自分が欲しいものははっきりと示しているのだ。火のちょうど向こう側にある石の上には、ボトルがぽつんと立ち、火の光を反射させている。あざけっているかのようだ。彼は男たちの手を見つめる。何も動かない張り詰めた静けさの中、消えゆく火が控え目に跳ねてはパチパチいう。それ以外は何も聞こえない。牛ですら草を食むのをやめてしまったようだ。彼は心を決める。ボトルを撃って砕け散らせ、もう一本要求して様子を見よう。しかし、数々の傷から血を噴き出している保安官代理がかがんでボトルを取り上げ、それを手に彼のほうへよろよろと向かってくる。そして、木炭の中でつまずくものの、ボトルを彼に渡すと、白目を剝き出し、彼の足下に崩れ落ちる。死のような静けさが続く。彼はボトルの首から血を拭う。ありがとう、保安官代理、とても感謝する、と彼は感情を込めずに言い、男たちみんなを慎重に見つめ、ボトルを唇につける。

☆
☆
☆

ボトルは空っぽだ。彼はそれを放り投げ、乾ききった地面の上で鳴るガチャンという音に耳を傾ける。そのごくわずかな音が彼の目に染みる。彼は一人ぼっちだ。仰向けに横たわって顔に帽子を載せ、真昼の焼けつく砂漠の太陽を浴びないようにしている。帽子のつばの下からいっぱいの光の中を覗いてみる。保安隊の男たち――かつて彼の保安隊だった男たち――はいなくなり、牛の群れも連れて行った。残っているのは、数本の白くなった骨とキャンプファイアがあった焦げた場所だけ。いやもう一つ、鞍袋がある。彼はその中身を知りたいとは思わない。骨折って必死に立ち上がり、再び倒れないように気をつける。頭は一トンもありそうなほど重く、両肩に載せておくのも難しいほどだ。近くには、半分砂に埋まったものがある。それは雄牛の頭蓋骨で、空っぽの眼窩で彼をじっと見上げている。角の片方にはメモが刺してある。〝俺たちはあっちだ〟、と書いてある。〝探したければ、俺たちを探しに来い。手が増えるのは歓迎だ。あんたの仲間、元保安隊より〟。裏には追伸がある。〝頭蓋骨に住んでいるガラガラヘビに注意。本当に意地の悪いやつだからな〟。遅すぎる。ヘビの毒牙はすでに彼の太腿深くに食い込んでいる。擦り切れた古いブーツほどもある、どんよりした目の平べったい頭が彼の股間に食いつき、巨大な縞模様《しまもよう》の体が、カーニバルの余興に出てくる道化のように、彼の両脚のあいだで激しくくねる。鈍い頭痛がすぐに下半身の恐ろしく鋭い痛みへと置き換わる。革ズボン《チャップス》とシカ皮のズボンが彼を守ってくれたはずだが、その大きなヘビは太腿の柔らかい部分を突き刺していた。そしていまや、毒牙は肉と革とに食い込んで離れないのだ。彼は鞘からシカ角の柄のボウイナイフを引き出し、ガラガラヘビの喉から頭を切り落とす。頭を失ったヘビの体は地面でくねってのたうちまわる。一方、切り取られた頭は、彼が両目のあいだを突き刺した後でも、股間から彼を見上げ続けている。後悔と親しみ、そしてあざ笑うような反抗心の混ざった眼差しで。彼は頭を引き裂いて放り投げるが、毒牙は骨へと打ち込まれた鋼の針のように残ったままだ。

彼は革ズボン《チャップス》を解き、シカ皮のズボンも引き裂くが、それらは体にぴったり張りついている。どちらも尻までは下ろすことができても、太腿の嚙まれた部分まではいかない。まるで第二の皮膚のようだ。すでに彼の太腿と股間は腫れあがって色も変わり、彼は気分が悪くなり始める。毒を吸い出すべきだとわかってはいるが、ズボンを下ろすことができたとしても、嚙まれた部分には口が届かない。そこで、彼はボウイナイフをズボンの上から傷口へと差し込み、血と膿とをできる限り絞り出す。体全体が膨れ上がって熱っぽく感じ始める。

もう終わりだと思いつつ、それでも彼は、熱の中で揺らめいている地平線上の町を見つめる。あの町が唯一の望みの綱だ。彼はガンベルトを肩の上に投げ掛け、冷や汗をかきつつも町のほうへよろよろ歩き始める。つまずき、転び、起き上がり、そして進み続ける。毒が効いてきている。町はそこにあるかと思えば、消えてしまう。柔らかなキルトで覆われた寝台を見ても、そこにたどり着くと、寝台はセージの茂みの中に消えてしまう。水飲み場も、その中に口を開けて身をかがめると、乾いた溝へと姿を変え、顔は砂に埋まってしまう。

そこに寝そべって砂を嚙みしめながら、彼は思い出しているようだ――これは記憶でもあり、起こっていることでもある。彼は埃っぽい平原を西へ向かう移住者たちの幌馬車隊に同行している。拳銃を使うプロの殺し屋か偵察者だったのかもしれないし、彼自身が開拓者の一人なのかもしれない。はっきりとはわからないが、彼らの行く手には草が燃え尽きた黒い大草原が果てしなく広がっている。木製の車輪で舞い上げられる埃はとても濃く、顔を覆うように結んだ濡れたバンダナもその侵入を防げない（彼には埃の味が感じられる。埃は彼の舌を覆い、喉を詰まらせる）。雄牛の群れが大草原をとぼとぼ歩いて行くと、ヒッコリー材のくびきがキーキーきしみ、鎖がガラガラ鳴る。ブリキ製品がカランカランと鳴る音、油の切れた車軸が立てるかん高い音、子供たちの金切り声。彼にはこうした音のすべてが聞こえる。突然、どこからともなく嵐が巻き起こり、彼らに憤然と襲いかかる。稲妻が電気の砲弾のように音を立て、周辺の地面に激しく落ちる。そして、嵐が素早く吹き抜けると、雨など降らなかったかのように、その土地の暑さと埃っぽさが戻る。

そんな嵐が過ぎた後の静けさの中、幌馬車の油脂加工した帆布の下から這い出てきたそのとき、彼らは襲われる。馬に乗って叫び声をあげる野蛮なインディアンの一団。まるで消えてゆく嵐そのものの中から現われたかのようだ。裸の体は頭から爪先まで赤と黒の縞模様に塗られ、黒檀色の長い髪が風になびいている。ハゲタカの羽根を頭に飾り、なめしたアンテロープの細長い革と白い毛に覆われたスカンクのしっぽを、膝と肘に紐でつけている。見ものなのだが、見ていると針刺しにされる可能性がある。すでに、開拓者たちは――男、女、子供、馬、そして雄牛も――喉や胸や目玉に弓を受けて倒れ始めている。彼はこの人たちみんなに見覚えがあるように感じるが、そうではない。知っているのは黒い装いの美しい未亡人、前方にいる町の女教師のみだ。彼女は倒れた人たちの間を動き回っている。傷の治療をし、死にゆく人を慰め、傷つき孤児となった子供たちにABCを教えて気を紛らわし続けてやっているのだ。

彼は考えることに集中できず、重い傷を負って気分もひどい。しかし、痛みと吐き気に顔を歪めつつ、いいほうの脚でもう片方を引きずって歩き回る。何とかすべての幌馬車を引っ張って輪を描くように止め、長柄を後ろの車軸に鎖で縛りつける。これが、絶え間なく降り注ぐ死の矢に対して、間に合わせの防壁となるのだ。不格好な幌馬車はぐらぐら揺れたりひっくり返ったりし、ダッチオーブンや揺り椅子やバター攪乳器が和平のための贈り物のように放り出される。鋤《すき》、フライパン、室内用便器、のこぎり。出ていく製品が増えるにつれて、彼はめまいを感じる。あるいは、彼を悩ませているめまいの体現がこうしたものたちなのかもしれない。彼とまだ残っている開拓者たちは野蛮な殺人者らの行為に屈服する。遠くに騎兵隊のトランペットの音が聞こえるが、その音は途中で止まったまま。彼らは望みを失い、ここで完全に孤立してしまった。インディアンたちはものすごい数の殺人を成し遂げる。小型の馬からインディアンたちをはじき落とすのは、ハエをぴしゃりと打つようなものだが、インディアンたちは次から次へと波のようになって全速力で押し寄せ続ける。タカの翼の骨で作った戦いの笛を吹き、悪魔の群れのように鬨《とき》の声や叫び声を張り上げる。その間ずっと、彼らには矢がどんどん降り注ぎ、矢で陽の光が隠れてしまうほどだ。ほどなく、彼以外に生き残った開拓者はいなくなる。彼の内腿は一本の矢に貫かれており、傷口が膨らんでいく感覚から、毒矢だとわかる。彼の口は砂でいっぱいだ。

彼はもう終わりだと思う。前に経験したことがある感情かもしれない。しかし、女教師が通りかかって、横たわる彼を睨みつける。目にしているものにむっとしたかのようだ。すまんな、奥さん、と彼が言う。あるいは言っていると思う。すべてが消えかけている。彼は矢が突き出ているところを見てみる。腫れ上がって醜くなっているに違いない。しかし、ズボンが下がっていないかどうか、よくわからない。どうでもいい。彼女がはさみを取り出してズボンをすっかり切り裂き、かかりのついた矢を、雑草をむしるように引き抜く。そして、黒いストッキングの片方を脱ぎ、彼の裸の太腿を縛る。その際、黒いスカートの下にある柔らかな剝き出しのふくらはぎが、ほんの少しだけ見える。その光景に、彼は泣きたい気分になるが、それは痛みのためかもしれない。彼女ははさみで彼の傷を突き刺して切り、かがんで毒を吸い出す。頭上では、矢がまだヒューヒュー音を立てているが、だんだん高いところを飛ぶようになっているようで、しまいにはほとんど見えなくなる。タカが舞う高さにまで上がっているのだ。彼女が毒を吸って吐き出す音が聞こえる。きっちりおだんごにまとめた彼女の黒髪が、自分の太腿の間でひょこひょこ動くのも見える。しかし、彼女の唇が自分に触れるのは感じられない。縛られたところより下の部分は、まったく無感覚になっているのだ。ただ、それより上の部分は違う。彼女の手が触っている部分。治療を終えると、彼女はどこからか取り出した温かい液体で傷を洗い、そこに炭酸カリウムのような白い色の粉を振りかける。そして薄めたアンモニアのようなものを彼の喉に流し込んで、吐き気を催させる。彼がまだ吐き散らしているうちに、彼女は長く先の尖っていない針を、傷のすぐ上にあるあまりにも繊細な部分に押しつけてくる。彼はあの野蛮人たちのように大声で叫ぶ――野蛮人たちと言えば、通り過ぎて行ったばかりだ。彼女は、頭蓋骨に交差した二本の骨のマークがついたボトルから何かを取り出し、その針で彼に注射している。静かに、さあ、と彼女は言って傷を縛ったストッキングをほどき、包帯として使う。そうしていると、彼女の手がしばしば近くに立っている彼のモノをかすめる。実際のところ、このあたり数マイルで立っている唯一のものだ。立ち上がって彼をその場に残す前に、彼女はしばらく彼のモノを悲しげに見つめる。こんなに悲しいものをこれまで見たことがないかのように。

すまんな、奥さん。どうしようもないんだ。でも、とても感謝している。彼女は眉をひそめて彼を見下ろし、化粧をしていない薄い唇をきつく結ぶ。彼女の頬には黒いつけぼくろがつけられている。本物のほくろかもしれないが、彼女の長く黒いドレスを引き立てているように見える。あんたが俺の脚にしてくれたことに対してという意味だ。

〝してくださった〟と彼女は厳しい声で言う。〝あなたが私の脚にしてくださったことに対して感謝しています〟、と言いなさい。

そういうこと。彼は目を閉じる。どういたしまして。

☆　☆　☆

再び目を開けると、彼は黒いサテンの生地の上で大の字になっている。一瞬、自分は棺の中にいるのだと考える。いや、いや、俺は死んでない！　彼はあえぎ、起き上がろうとする。

もちろん、あんたは死んでないよ、保安官さん。酒場の女性歌手《シャンテューズ》が鏡台の前に座って胸に白粉をはたいている。彼はベッドに仰向けに倒れ込み、馬に下半身を蹴られたような気分になる。窓が開いていて、真昼の暑さの中、レースのカーテンがだらりと下がっている。その向こうからいろいろな音が聞こえてくる。四輪大型荷馬車の車輪がキーキー鳴る音、鍛冶屋のハンマーの音、木製の歩道を踏みつけるブーツの足音、罵り声、馬のいななき、叫び声、まばらな銃声。こうした音は彼めがけて鳴っているように思われるが、彼が必要とする以上の長さで鳴るわけではない。おそらく、町が保安官に話しかけるのと同じように、彼に対して鳴っているのだろう。一時は危なかったんだよ、あんた。

俺は恐ろしい夢を見ていた。あれが夢だとしての話だが。あまりにもリアルだった。

あたしが見たところ、とっても興奮してたようだよ。

俺は砂漠で打ちのめされていた。死にかけていた。一人ぼっちで。すると、オオカミがやって来るんだ。オオカミの群れが。

やだ。オオカミに食われたのね。

そうなると思ったよ。俺には何もできなかった。でも、やつらは俺を食わなかった。俺の匂いを嗅いでから、その場に一列に並んだ。俺の傷口を吸って、ええと、俺の男の部分をなめたんだ。牛が塩をなめるように。もし動いたら、モノが噛み切られちまうんじゃないかと思った。だから石のようにじっとしていたよ。

そういうことがあたしに起こるときはいつも、体じゅうが痒《かゆ》くなって、何だかひどくくしゃみをしたくなるんだけれど。

俺の場合は違う。

ええ、でも、大して違わないわよ。彼女は鏡に映る彼にウィンクし、片方ずつ胸を持ち上げて、その先端にルージュを塗っていく。まあいずれにしても、あたしがあんたを見つけたとき、どうしてあんな状態だったのかそれで説明がつくね。体じゅうが膨れ上がっていたし、脳みそが割られたみたいにわめき立てていたんだよ。シカ皮が切られてリボンのようになっていて、おまけに何か汚らしい動物に小便をかけられていた。オオカミに違いない。本当にぞっとする見世物だったのさ、あんた。あたしがあんたを連れてきたときは、町じゅうが列を成してあんたを見たんだ。

何も覚えていない。

もちろんそうさ。あんたは頭蓋骨から中身が飛び出たようなもんだったんだから。でも、ズボンからも中身が飛び出ちゃって、シマリスよりも可愛らしかった。あたしはシーッシーッと言ってアメリカハゲタカを追い払った。あんたの見事な体をあたしの馬の尻に持ち上げて、大通りを運んできた。あたしたちはパレードのすべてをやったんだ。はためく旗、花火、ブラスバンド、全部さ。インディアンを焼くよりも楽しかった。でも、最も美しかったのは、あんたがあたしに求婚した瞬間だね。

俺が何をしたときだって——？

もちろん、つい最近未亡人になったばかりだから、結婚についてはちょっと考えなきゃならないし——。

ベル！　俺たちは結婚していないだろう――？

ええ、まだね、あんた。でも牧師はここでいつでもやってくれる。そのときのために、あたしは自分用に特別の下着を買ったんだ。きっと気に入るよ。見せようか。でも、見たら縁起が悪いんだ。花嫁の――。

でも、ベル。それはできない！　それは――それは――どう言ったらいいんだ？――仕事と両立しない！

くだらないことだね。あたしがあんたに新しい仕事を与えてやるさ。あんたはピアノを弾けばいい。

ピアノの弾き方なんて知るもんか。

教えてあげるわよ。

教えてもらいたくない。彼女は先端がルビー色になった胸を突き出し、そこにキスさせようとする。彼は顔を背ける。ベル、ちくしょう。こんなの間違ってる。俺は身を固めるタイプの男じゃないんだ。

慣れるわよ、あんた。とにかく、もう遅すぎる。約束しちゃったんだから。

でも、自分で言ったじゃないか。俺は正気じゃなかったって。

そんなの関係ないね。約束は約束さ。約束破りは、このあたりじゃ死刑にはならないけど、それに対する罰は見て気持ちいいとは言えないよ。彼女は彼の上にかがみ込み、ルージュを塗った乳首の片方で彼の耳をくすぐる。さあ、ハンサムさん、ここにチュッとキスしてちょうだい。これからは、あんただけのものなんだから。まあ、だいたいにおいてあんたのものなんだから。

ドアを軽く叩く音がする。開いているよ！　とベルが大声で言う。彼女はまだ、かがんで彼の耳に乳首を突っ込んだままだ。すると、痩せた禿げ頭の男が入ってくる。やぎ髭を生やし、片目は醜い傷によって綴《と》じ合わされ、もう片方には片眼鏡をかけている。股のあたりで山高帽と聖書を握り、襟は逆さになっている。やあ、みんな、と彼が言う。結婚の儀式をめちゃめちゃにしに来たぞ。

もうほとんど準備はできているんだ、牧師さん。すぐにあたしの化粧も終わるよ。ほかの住民たちも戸口を通って集まってくる。やあ、ベル！　願い通り、俺たちで徹底的に飾り立ててやったぜ。下は結婚ムードでいっぱいだ！

ありがとう、みんな！　食べ物がいっぱいだよ。それに、飲み物はあたしと保安官のおごりさ、今日は！　それで、あんたたちのうち二人に手を借りたいんだ。あたしの愛しい約者を下に運んでくれないかな。彼はあんまり動き回れないからね。でも、二人以外は下に行って始めてていいよ！

ヒャッホー！　と男たちは大声をあげ、帽子を宙に投げる。そして階段をガタガタと下りて戻っていく。牧師も男たちと一緒に喚声をあげて下りていく。

一フィートも顎髭を伸ばし、片足に義足をつけた斜視の老人と、薄く大きな口髭をたくわえて、皺くちゃのシルクハットを被った無骨者が一緒に居残っている。ベルが鏡台のところに戻って頰にルビーをつけているあいだに二人が歩み寄り、彼をベッドから引っ張り出す。

おい、待ってくれ、君たち。ほんのちょっとだけ遅らせるべきだと思うんだ、と彼が言う。俺はまだちゃんと立つことすらできない。

それは緊張しているだけさ、保安官、とシルクハットの無骨者が言う。二人は彼をキルトとベッドの上掛けの下から引きずり出す。無骨者の片腕は三角巾で吊るされているが、その中には何もないのかもしれない。薄い口髭は焼きつけてあるように見える。結婚式の日には、誰だって緊張するよ。

ベル、おまえがすぐにでも取りかかりたいのはわかる、と義足の男が言う。でも、やつはズボンをはくべきじゃないのか？　まあ、少なくとも、式のためには必要だろ？　このまま下りて行ったら、とてつもなく見苦しいぞ。むかっとくる。

応急処置が終わってないんだよ、と言いながら、女性歌手《シャンテューズ》は尻を揺すってベルベットとシルクのウエディングドレスを着る。それに、ズボンはひどく臭うんだ。このまま下りてもらうしかないね。

でも、少なくともやつを中に隠せるスカートか何かないか？

俺はスカートなんかはかない、と彼がきっぱり言う。

あたしもスカートをはいたカウボーイなんかと結婚しないよ、とベルがボタンを留めながら言う。

よし、じゃあ、それを俺によこせ、と彼が言う。はいてやるよ。

おまえの古いピンクのズロースはどうだ、ベル？　あの昔ながらの長くて、後ろに割れ目があるやつは？

ええ。洗ってあるかどうかわからないけれど、着替え用の衝立の裏に置いてあるわ。男たちは彼をベッドへドサッと戻し、老人がそっちへ重々しく歩いていく。義足が木製の床を打ちつけるさまは、まるで板を割ろうとしているかのようだ。

片腕の無骨者はベルがボタンを留めるのを手伝いに行っている。そこで、彼は自力でベッドの縁まで這って行き、こっそり逃げようと思う。しかし、体が痛んであまり遠くまでは這って行けない。開いた窓までたどり着いたら、いちかばちか外に出ようと考える。

その考えは間違いだとわかる。そこで止まるんだ、保安官、と焼きつけたような口髭の無骨者が言う。そして、ふらりと戻ってくると、片手で彼をひっくり返し、彼の両手首を後ろ手に縄で縛る。すべてがひと続きの滑らかな動作で行なわれる。暴れまわることたあないさ。結婚するからって世界の終わりというわけじゃない。

ごま塩髭の老人がドシンドシンと歩いて戻ってくる。彼は体をよじり、蹴りを入れ、頑固に抵抗するが、二人はうまく彼をつやつやしたベルのズロースに押し込んでしまう。彼には窮屈だが、老人が彼を押さえつけているあいだに、若いほうが膝のところで小さなリボンを蝶結びにする。ほう！　可愛らしいじゃないか！

彼の準備が整ったね、保安官代理、と女性歌手《シャンテューズ》が自分のドレスに襞飾《ひだかざ》りをつけながら言う。モノが飛び出してるけど。

逆にはかすのは無理だ、ベル。やつのモノを中に押し込んじまわなきゃならなくなる。でも、まあいいだろう。後で時間の節約になるから。

俺の保安官代理なのか？　と彼が義足の老人に向かって訊く。

ああ、保安官、と老人が言い、彼の腰まわりのガンベルトをバックルで留める。もう一人の男は彼にブーツを履かせている。俺がわからないか？

やつは砂漠でひどい目にあったんだ。

そうに違いない。

いいわ、彼を下に運んで、あんたたち。あたしは準備万端、うずうずしてるんだよ！

ちょっと待て！　もしおまえが保安官代理なら、おまえに命令する——。

あとでな、保安官、と老人はしかめ面《つら》をして言う。顎髭からは煙草で茶色くなった唾が漏れ出ていて、ぬかるんだ小川のようだ。男たちは彼に白い帽子を被せ、腋の下を持ってベッドから持ち上げると、ドアの外へと運んでいく。パーティーもたけなわで、俺の喉は砂漠の乾いた骨くらい乾ききっているんだ。

男たちが彼を階段の縁まで引きずっていくと、下の結婚式の客たちから歓声があがる。自動ピアノでの演奏、ボトルを叩く音、彼の結婚の装いを冷やかす叫びが続き、そこに口笛がやかましく差し挟まれる。保安官代理が手を伸ばし、彼に代わって帽子をチラッと持ち上げてやる。酒場は白一色に飾られている。色が抜けたボロ布やカタログの紙から作った白っぽい飾りリボンが、梁《はり》から梁へとループを描いている。紗のようなキャラコの花綱が窓やカウンターやスインギングドアの上にかかり、白い紙で作った花々があらゆる賭博台に置かれ、白いポーカーチップが散りばめられている。飾りリボンや梁や花綱からぶら下がっているのは、何百にも重なってチリンチリンと鳴る白い棒。乱暴に階段を下ろされる途中で、彼はそれらが骨であると気づく。人間や動物の形に削られたもので、そのほとんどが性交中の姿だ。痰壺でさえ、この式のために白く塗られている。雪のように白いグランドピアノの後ろでは、脚や腕の骨がアーチ形に組み立てられ、大きなルーレット盤を囲んだ結婚式の祭壇になっている。玉突き台の〝丸い玉とまっすぐな突き棒!〟という掲示は、内側に留めてある。そして、より小さな骨は陰部に似せて彫られ、アーチのてっぺんから房飾りのようにぶら下がっている。

彼の花嫁らしき女は、胸を晒して輝いて見える。客たちのあいだを通りながら、いろいろなものを集めている。ハグやキス、褒め言葉、尻叩きや尻つねり、ウィスキーのショット、あっち方面についての幸運を祈る言葉、そして小袋に入った砂金。砂金の袋は懐に詰め込む。結婚祝いか、と彼は思う。あるいは、賭けで勝ち取ったもの。間違いなく彼が負けた賭けだろう。そう彼が保安官代理に言うと、保安官代理が応える——違うよ、保安官。ほう。あんたの結婚式のためのもんだ。彼女は入場料を取っているぜ。

見るものなんて何にもないぞ、と彼はぶつぶつ言う。それを聞いて、保安官代理がヤニまみれの歯の隙間を見せながら笑う。

ベルが言ってたぜ。イカサマみたいなもんだってな、と保安官代理が言う。

これ、あなたによ、ダーリン！　と女性歌手《シャンテューズ》が声をかける。彼女はピアノに膝を立てて座り、ピアノ奏者が曲を演奏し始める。白いパジャマを着てパイプを吹かしている、片耳のない混血男《メスティーソ》。この男の演奏に合わせ、彼女が彼にラヴソングを歌う。ならし難い性悪な野生馬をならすという内容の歌だ。彼を持ち上げてここまで連れてきた男たちは、この熱狂的な集まりの真ん前で彼を支えている。彼はシカ皮のシャツにぽっかり口を開いたピンクのズロース姿で、本の挿絵のようだ。これはならし難い性悪な野生馬についての歌ではない――彼は痛みと無念さで縮こまり、手首は相変わらず縛られたままで、脚はだるくて使いものにならず、意気消沈している――過剰な文明化のつまらない結末についての歌だ。歌で盛り上がっていると、牧師が山高帽を自分の禿げ頭に被り、聖書をドシンとカウンターに置く。そしてみんなを前に呼び出し、大きなルーレット盤へ向かうように言う。椅子を持ってきて座るんだ、みんな！　神聖なる儀式が始まる！

椅子と机が木製の床を擦る。パジャマを着た混血男《メスティーソ》がコーンパイプを吹かしながら、競馬か逃走列車を表現しているようなマーチを大音量で演奏する。その間に彼は引きずられていって、ベルと並んで立たされる。こんにちは、ハンサムさん、と彼女が囁き、彼の一段と晒しものになった顔をつまんで引っ張る。酒場じゅうで咳払いをしたり、唾を吐いたり、げっぷをしたり、おならをしたり、祈りだか呪いだかを唱えたりといった、前置きの合唱が進行中だ。やがて、牧師が咳払いをして痰を吐き出し、その塊が数ヤード離れた白塗りの痰壺を鳴らして、アナウンスが始まる。やあ、親愛なる兄弟姉妹たち。我々は、保安官と我々の親愛なるベルとを結びつけるという、最も恐れ多く神聖なる喜びのためにここに集まっている。そこで、みんなも賛同するだろうが、彼を準州で一番柔らかい鞍に乗せてやろうじゃないか！

男たちは叫び、喝采し、足を踏み鳴らす――大賛成《アーメン》だ、牧師さん！　神をたたえよ！　女性歌手《シャンテューズ》は赤面し、肩越しに男たちに向かって恥ずかしげに微笑む。そして、彼の近いほうの手を取って自分の腰をぽんと叩かせ、言う。誓います！　誓います！

待つんだ、可愛い人よ、と説教師が片眼鏡を下げつつ言う。まだその部分まで来ていないぞ。

じゃあ、急いでよ、牧師さん、と彼女が声をあげる。あたしはすっかりその気満々なんだ！　そして、くるりと回って彼にキスをし、片脚を彼のズロースをはいた腰骨の上に載せ、自分自身を擦りつける。すると、野次や口笛が響き、白い紙を貼った壁にボトルを投げつけて割る荒々しい音が炸裂する。

彼の悪いほうの脚が彼女の重みでガクンと曲がる。すると、シルクハットを被った無骨者が片手で彼を支えてぶつぶつ言う。自分の体は自分で支えろ、保安官！　自信と気骨のあるところを見せろよ。あんたはそれで有名だろう。

俺には有名な取り柄なんてない、と彼があえぎながら言う。牧師が女性歌手《シャンテューズ》を彼から引き離し、彼女がスカートの皺を伸ばすのを手伝う。おそらく、トラブルを見つけること以外にはな。

ほう。あんたは変わり者だな、保安官、と保安官代理が言う。そして床に向かって大量の唾を吐き、それが生き物であるかのように、義足で踏みつける。あんたはスタッグパーティー〔訳註：結婚前夜の男性のために友人たちが開く男だけのパーティー〕で張り切りすぎちまったんだと思うぜ。

スタッグパーティー？

あんたのスタッグパーティーさ。ほら、結婚するための。

でも、俺はスタッグパーティーなんてしていない。

ちょっと待て、ともう一人の男が言う。スタッグパーティーをしてないだって？

どうした？　と牧師が片眼鏡を目に当てながら訊く。

保安官のことだが、と保安官代理が言う。やつはスタッグパーティーをしていない！

この言葉にみんなが驚愕し、女性歌手《シャンテューズ》が必死の形相で言う。大したことじゃないさ！

明日スタッグパーティーをすればいい！　たっぷりやればいいの！

なあベル、スタッグパーティーをしないと結婚できないんだ、と保安官代理が言う。ルールなのさ。

ああくそっ、とベルがむっとした声で言う。白塗りの痰壺を激しく蹴ってひっくり返すと、そこにある小さな骨がカタカタと音を立てる。

どう思う、牧師さん？　と老人が訊く。

仕方がないだろう。聖書に従うしかない。でも、ここではできない。ありきたりの下品な騒ぎには派手すぎる。酒を手に入れて、やつを馬小屋まで引っ張って行くのが一番よさそうだ。そこなら何も問題がないし、あの雌豚女も、まだどこかで男漁りをしているかもしれない。まあ、やつがいればの話だが。

男たちはカウンターから腕いっぱいのボトルと結婚披露宴の食べ残しを集め、彼を肩に担ぎ上げて、スイングドアに向かって運んでいく。骨がカタカタと音を立てる。女性《シャンテ》歌手《ユーズ》はウエディングドレスをぐいとたくし上げ、激しく階段を踏みつけて登りながら、自分の部屋へと戻っていく。そして男たちに向かい、激しい呪いの言葉を次々に投げつける。

なあ待てよ、ベル！　俺たちの砂金はどうした？

あんたたちには雨天順延の切符を配ってやるさ、と彼女がきつく言い返す。

でも、雨なんて降ってないぜ。

だから何よ。

☆　☆　☆

くそっ、と男の一人が言う。俺があの雌豚女とやる前に、誰かがあいつは不感症だと言ってくれたらよかったのに。

それで何が変わるんだ？

ええと、一つには、そうすれば雌豚女にキスしようとしなくて済んだ。

男たちはその言葉にウォーッと声をあげ、不機嫌に唸る。俺はズロースを脱がしにかからなきゃな、と男のうちの一人が不気味に言う。初めてのことではない。素早く考えなければならない、と彼はわかっている。しかし、ほとんど考えられない。ここに来る際に、頭が打ちのめされそうな目にあったのだ。真っ暗な中で男たちの肩に担がれ、彼には馬小屋のドアのてっぺんが近づくのが見えなかった。頭を強く打って、しばらく伸びていた。いま、彼は両手首を後ろ手に縄で縛られたまま、飼い葉桶に座らされ、自分の手作りのガンベルトで直立する柱に縛られている。男たちがときどきやって来ては、安いウィスキーを飲ませたり、かけたり、彼に馬糞を塗ったり、結婚初夜の冗談を言ったりする。彼はこの儀式の主賓なのだが、スタッグパーティーのほとんどの男たちが勝手に飲み食いをしている。馬のいない馬房の石油ランプのまわりにぐったり座り込み、悪ふざけをしたり、冗談を言ったり、卑猥な話をしたり、アブを叩いたり、恐ろしい冒険を夢見たりしている。ほとんどの場合、新郎という生身の人間には関わろうとしない。その新郎は、最良の状態ではない。頭はガンガンするし、女性歌手《シャンテューズ》の結婚劇に巻き込まれる前に起こった何らかの出来事のせいで、肩から片脚まで相変わらず痛む。残りのほとんどの部分もまた、ひどく手荒な扱いを受けてきている。

彼は口数や意見の少ない男ではあるが、頭はいつも混乱した考えでいっぱいだ。頭を打ったにもかかわらず、こうした考えは失われていない。彼は漂流者であり、いろいろと経験はしても、自分の歴史が記憶をすり抜けていく男だ。漂流は冒険であり、自分の歴史を過度に詮索することとは、それに縛られることを意味する。そして、彼は何よりもまず自由人だ。自分自身の意味を――たとえそんなものが存在しないとしても――追い求めるのに熱心なのである。あるいは、漂流をやめてここで保安官として生活してみようとする前は、自分のことをいつもそんなふうに考えていた。いまではどうしてそんなことをしていたのか考えられないが、孤独による圧迫――しばしば自由に付随する、吐き気のようなもの――と関係があったのかもしれない、と彼は思う。また、ここに村の女教師がいることとも関係していたのかもしれない。彼女は彼にとって謎であり刺激だ。それは石油ランプのまわりに群がる男たちにとっても同じで、いまや彼女は会話の中心となり、彼女にまつわるぎらぎらした妄想が露わになっている。おそらくまた、それは虚栄心、つまり他人からの尊敬――偶然鉢合わせて銃や拳で勝ち取る束の間の尊敬よりも確かなもの――に対する欲求とも関係していた。まあ、彼は彼自身でいるべきで、彼が巻き込まれている混乱は、彼自身でいないことで自ら招き寄せてしまったものなのだ。彼は忘れっぽいが、この惨状を抜け出たときにはそれを覚えておき、その教訓に従って精一杯生きなければならない。あるいは少なくとも、それがこのとき決意したことだ——縛られ、飼い葉桶の中で悪臭を発しつつ。すべてを整理すると、いくらか頭がすっきりする。そして、そもそも男たちがスタッグパーティーというものを考え出したのは、おそらくこのためなのだろうと彼は思う。

奥のほうに馬が数頭いる。馬たちが静かに鼻を鳴らし、蹄で地面を打つ音が聞こえてくる。彼はぴったり体に張りつくベルのズロースに押し込められたままだが、自分のブーツと銀の拍車も身につけている。拍車は自分か誰かが酷使したために、鋼でできた環状のナイフのように尖っている。すると、それを使って縄を切り、馬を一頭借りてここから脱出できるかもしれない、という考えが頭に浮かぶ。飼い葉桶の中でしっかりと立てればの話だが。これは簡単にはいかない。悪いほうの脚が邪魔をしていて、そのために、鋼や骨や木が何度もぶつかっては音を立てる。しかし、男たちはあまりにも酔っ払い、あまりにも大きな声であの女教師について話していて、大して気に留めもしない。尻の下に片脚を入れることだけが問題ではない。それがうまくいっても、縄よりも自分の尻のほうが切れやすいとほとんどすぐに気づく。ゆっくりとではあるが、拍車の上で体を前後させ、のこぎりを挽くようにしていると、縄が擦り切れ始めるのを感じる。

本当に感動しちまうのは彼女の目だ、と男たちの一人が言う。青く潤んでいて、露の降りた朝のスミレのよう、わかるだろう？　それに、ああくそっ、彼女の髪。太陽の光がより合わさって、ウエーブのかかった黄金の巻き毛になっているみたいだ。ここで金なんて掘り当てたことはないがな。俺はあの髪とやってみたい。

何を言っているんだ、このぼけ爺い？　彼女は金髪じゃない。それに、目も青くない。グレーに近い。雨の色だ。淡く透き通っていて、向こう側がくっきり見えるくらい。俺はあの目とやってみたい。

どんな色だって俺はかまいやしない、このロマンチックなクソ野郎。黙らねえと、おまえのはらわたを切り裂いて、犬の朝飯用にソーセージを作っちまうぞ。

おまえに仲間がいたってできやしねえよ。

やめろ、おまえら、どっちも間違ってる、と別の男が言う。あれは緑色だ。彼は自分の手首を縛っている縄を擦り続け、意識はいまやこの作業のみに集中している。しかし、切ってもその部分がほとんど元に戻って、太くなるばかりのように思われる。まるで傷跡が重なっていくかのようだ。彼女の目は春の草原のような緑色で、その中に野の花の色をした斑点があるんだ。内側の光が外へと輝き出るかのようにきらめいてる。その二つの目が収まっている顔は色白で、ユリとバラとがこの上なく上品で繊細に混じっているようなものだ。そんなものを見たことがあればだが。そして、顔のど真ん中に、元気な可愛らしい鼻がまっすぐ突き出ている。あまりにも優美に晒されているもんだから、心が泣きたくなっちまうほどだ。鼻を見せびらかす優しい天使の無邪気な純粋さにな。俺はあの鼻とやってみたい。

もちろん、彼女はいつも優しいわけじゃない。

ああ、その通り。ああいう気性なんで、いつでも仲良くできるってわけじゃない。

実際、たいていは〝優しい〟なんて言葉がまったく当てはまらない。

〝優しい〟ってのがぴったりの言葉じゃないなら、だんな、逃げたほうがいいぜ。いつの間にやら彼女にしつけられちまうからな。

女教師は恐ろしいほどのしつけ魔だ。

ばかなことばかりしゃべっているんじゃねえよ、相棒。彼女の前で〝じゃねえ〟って言っちまったことがあるんだが、俺を押さえつけて石鹸で口を洗いやがった。泡とぬれ腐れで死ぬかと思ったぜ。

一度、俺の尻をヤード尺で一時間近く打ちのめしたこともあった。俺がやったのは、いまいましい不定詞とやらを割ったってだけのことなのに〔訳註：toと動詞のあいだに副詞を挟むことで、避けたほうがいい用法とされる〕。

不定詞って何だ？

知るもんか。でも、女教師の前ではボロを出さないようにしてるぜ。

ついに、彼は縄が突如として緩むのを感じる。もう切れていない縄の側線がほんの数本残っているだけだ。しかし、彼は作業を中断しなければならない。酔っ払いの一人がドタドタと暗闇に戻って来て、飼い葉桶に小便をし始めたのだ。やって来たのは、片目が傷で綴じ合わされた禿げ頭の牧師。今度は、襟は正しい向きになっているが、ほかのすべてを後ろ前に着ているため、飼い葉桶のところで手間取っている。ふらふらするほど酔っ払い、そこにいる彼のことは見えてすらいないようだ。俺は彼女の不定詞を割りたい、と牧師が大声で叫ぶ。そして、ベルトの上から小便をし始め、飼い葉桶以外のあらゆるものに小便を振りまいていく。

気をつけろ、相棒、と誰かがランプのまわりの輪から声をあげる。おまえは境界を越えて危険な領域に入ったぞ。

いや大丈夫、本当に、と牧師が唸るように言う。そして、脚に小便を滴らせたまま、ほかの男たちのもとへ戻っていく。側線が何本か腱のように強靭に戻ったようだ。彼の切れた尻から漏れ出る血を餌にしているらしい。無駄にする時間はない。本当のことを言うとな、俺は彼女を組み伏せて、あの生意気な尻とやってみたい。

おー、女教師のことを話しているのか、牧師さん！　湖畔のユリのように純粋な人、天国の天使のように汚れなく無垢な人のことを話しているわけだ！

でも、こんな話をするのには、もっとけしからん理由があるからじゃないのか？　つまり、俺たちはこのひどい準州にいるわけだぜ、みんな。だったら、湖畔のユリがどう関係ある？　ちくしょう！　彼女をいただきに行こうぜ！

やけに勇敢な発言だな、おい。俺は二番目にやるぜ。最初は誰だ？

石油ランプのまわりに静けさが広がる。それが、低くどもるようなおならの音でついに破られる。いまのは立候補してるってことか？　と誰かが訊く。違う、違う！　うっかり出ちまっただけだ。彼の両手首の働きで、しつこくよじれた縄がついに破壊される。彼はベルトのバックルを外し、飼い葉桶から這い出る。いまやねじれた縄の切れ端を体じゅうにつけ、悪いほうの脚を引きずりながら、慎重に馬たちがいるところに向かう。ええと、と誰かが言う。保安官のパーティーだから、やつを使って女教師を調教しようぜ。

俺たちがしたんじゃなかったか？

いや、してない。俺が思い出せる限りではな。

でも、俺たちは――？

俺を嘘つき呼ばわりするのか？

違う、違う！　おまえの言う通りだ。俺も思い出せない。やつを連れてこよう。

この提案は満場一致で認められ、それが太い唸り声で表現される。だから彼には、進み続けなければならないとわかっている。進むことこそ最も大変なのだが。彼は馬小屋を横切るだけのために、どろどろとしたぬかるみの中を苦しみもだえて転げ回っているように感じる。さらに、最初に出くわした馬によじ登るのは、いまの彼の能力では無理に思える。

おい！　やつはどこだ？　誰かがそう叫ぶのが聞こえる。いなくなったぞ！　何だって

――？　ひどい疲れに襲われ、彼は自分の英雄的行為のすべてが無に帰すのではないかと恐れる。しかし、女教師をレイプし、女性歌手《シャンテューズ》と結婚しなければならないという将来の見込みに駆り立てられ、口から空気を吸いながら、馬を静かになだめて馬房から出す。いたぞ！　あっちの馬のほうだ！　最後の力を振り絞って、彼は馬の背に頭からよじ登る。帽子とガンベルトで馬の尻を激しく打ち、正気を失ったかのように叫び声をあげて、馬を駆り立てる。馬は全速力で小屋から飛び出し、砂漠の夜へと入っていく。

☆　☆　☆

真昼。彼はまだ馬上でぬいぐるみのようにぐにゃりとしている。切り刻まれた尻は陽に晒されて焼け、ハエにうってつけのご馳走だ。痛すぎて尻を動かせない。全身が痛む。町からずっと狂ったようにギャロップで駆けてきたので、肋骨もいまではほかの部分と同じくらい痛む。背骨は折れているように感じる。しかし、少なくとも彼はあの場所から脱出した。永遠に、と彼は望む。その長い夜について、叫び声や銃声の後のことはほとんど覚えていない。その代わり、彼は砂漠での別の夜のことを思い出す。ずっと昔、彼がまだ鞍に乗ったまま漂泊し、あの町にはたどり着いていない頃のこと。町は当時、真昼の地平線上にときどき現われるものに過ぎなかった。からかうように、不規則に現われるのだ。彼はしばらくのろのろと歩いていたが、次第にその荒涼とした厳しさに慣れてきた。地平線や、自分が横断している何もない砂漠には、どこか厳粛なところがある。しかしその夜、砂漠はいつもに増して生命に欠けているように思われた。サボテンの一つもなければ、ヨシュアノキもヤマヨモギも、低木すらもない。回転草《タンブルウイード》もない。水もない。見渡す限り岩と砂だけ。星が散りばめられた広大な空という異質なものの下、彼のまわりじゅうに死んだものが果てしなく広がっていた。生命のない空間がどこまでも、どこまでも続き、そこに生命を持った彼がやって来たのだ。わびしい静けさが石の多い平原に積もっていた。まるで圧縮され、梱包され、重く積み上げられたかのように。風の囁きすらない。ムスタングの蹄がパッカパッカと時計のように空しく鳴るだけ。この空虚な空間全体の中で、彼とその馬だけが唯一の動く存在なのだ。

彼が見つめていると、とうとう星たちが流星になり始めた。空という黒いカンバスに自らを並べ替えながら、まるで彼に何かメッセージを書いているかのようだった。警告だったのかもしれない。しかしそれは、ドミノ牌をシャッフルしたようなずぼらな殴り書きに過ぎなかったので、彼に理解できるものは何もなかった。そのことで、彼は自分の運命の小さな一部分を理解した。宇宙が言わなくてはならないことがあったとしても、彼には永遠に理解できないのだ。だからまあ、結局のところ、彼は星たちが言わねばならなかったことを読み取れたのだろう。

星たちが示したものを見上げながら進んでいると、彼は歯のない老インディアンに偶然出くわした。インディアンは平らな石にぽつんと座り、その前には赤く輝く燃えさしが小さな山になっていた。彼はその男に気づかず、踏みつけそうになってしまった。外見からして呪医だが、しなびた乳房の老女だったかもしれない。この人物も頭上の星の群れをじっと見上げ、長い柄のついたパイプを吸っていた。挨拶の仕草はしなかったが、こんなふうに彼と出くわしたことに驚いている様子もなかった。やつらは何て言ってるんだ、爺さん？　と彼は訊いた。星たちは何て言ってるんだ？　インディアンはゆっくりと顔を向けた。そして、ムスタングの背中から生えてきたかのように座っている彼の姿をじっと見つめた。黙ったまま長い時間が過ぎてから、インディアンが言った。宇宙は沈黙している、と星たちは言っている。人間だけがしゃべる。何も言うことはないのに。そして、老人は顔を背け、再び黙りこんで燃えさしをいじった。そうするのは、ときどきパイプに火を点け直すためだけのようだった。おそらく、それで終わりにして進み続けたほうがよかったのだろう。しかし、彼はバッファローのジャーキーを老人にあげ、その代わりにパイプを数回吸わせてもらって、気がつくと、世界が回っていた（彼は空が読めるようになってい た。数々の汚らしい絵が、空で万華鏡のようにシャッフルされて見えた）。そのとき老インディアンは、彼の馬と持ち物すべてを持ち去ろうとしていた。彼はパイプに酔って物が二重に見えていたが、ギャロップで駆けていくインディアンに向けて二挺のピストルを同時に撃ち、何とか野蛮な泥棒の後頭部を一発で仕留めて倒した。二つの弾丸が同じ一つの穴を開けたのか、あるいは二人のインディアンを撃ったのか、よくわからなかった。しかし、立ち止まって確かめることもしなかった。それまで見ていた星の壮観な眺めに、すっかり度肝を抜かれていたのだ。彼は口笛でムスタングを呼び戻すと、鞍によじ登った（まるで彼がいくらか縮んでしまったため、山に登るかのようだった。そして、馬がどういうわけか彼を手助けしてくれたように感じた）。彼は両腕を馬の太い首に巻きつけてうつむき、石の多い荒れ地を去っていった。文明世界へ戻りたいという疼《うず》きが始まったのは、おそらくその頃だ。

その疼きについては、いまではもう充分味わってきた。結局のところ、砂漠にもいい点はある。彼は旅疲れたかぎ煙草色の老馬の背に乗り、尻の高さの位置でだらりと覆い被さっている。そこから彼が見る砂漠は、とぼとぼ歩く馬の蹄の下で過ぎていく地面ばかり。そして、ふと思いつく——砂漠での生き残りはおそらく、こうした細部に熱心に注目すること、また、長く地平線を見つめないことにかかっているのだ。地平線は人間の目から視線を吸い込む力を持っている。地平線が続く景色に彼は耐えているが、いまではめったに見ない。頭が馬の腹の下にひょいと落ちてしまうときのみ、上下逆さの地平線が見えるのだ。それは面くらうような眺めであり、彼は突然、綱から放たれたように感じる。そして、空に向かって後ろに倒れないように、馬の毛むくじゃらの体にしがみつかなければならない。だから、地平線が視界に入ると、彼はしばしば目を閉じる。そして、不毛な砂漠に屋根のように覆われるのを恐れ、そんなふうに目を閉じていると、女のくぐもった叫び声が近くで聞こえる。

彼は驚いて起き上がり、馬から落ちる。かなりの痛みを、特に胴の部分に感じる。しかし、その痛みも別の痛みで曖昧になる。いまでは、痛みによって彼の体のほとんどができているのだ。彼はしばらく石の多い地面に横たわり、体を丸め、再び体を伸ばせるのだろうかと考えながら、小動物のような女の泣き声に耳を傾ける。しかし、それも長くは続かない。彼はこの土地で多くの女に出会ってこなかったので、この真新しい状況に刺激されて立ちあがり、あたりを見てみる。いたのは町の女教師。彼から数歩――彼がまだ歩けた頃の歩き方で数歩――離れた地面で縛られ、猿ぐつわをはめられている。すぐに彼は彼女に向かって這いつくばい、斜めににじり寄るようにして進んでいく。傷ついたヘビならこんなふうにするのかもしれない。大丈夫か、奥さん？　と彼があえぎながら言う。

彼女は拘束を解こうともがきながら彼を睨みつける。手首と足首は背後で縛られ、あえいでいる口は赤っぽいネッカチーフで覆われて、横に広がっている。それは彼がかつて持っていたようなネッカチーフだ。彼女の口を覆う部分には汗の染みがつき、耳の後ろできつく結ばれている。自分自身の傷と内気さとに阻まれ、彼はネッカチーフを不器用にいじり回すばかり。しかし、彼女は首を振って彼に体当たりし、執拗に唸っては、恐ろしげに地平線のほうへと目くばせする。ぐずぐずしている場合ではないとでも言うかのように。彼は彼女をひっくり返してうつぶせにしようとするが、彼女はしっかりと地面に固定されている様子。彼は腰の片側をじゃまにならないように持ち上げてみる。錆びついた古い鉄道線路の痕跡のようなものが砂に埋まっていて、そこに彼女がつながれているのがわかる。

彼が砂を払って結び目へと手を伸ばすと、黒いドレスの下のしなやかな肉体が彼の両手を跳ね返し、ぎこちなく引っ込むのが感じられる。すまんな、奥さん、と彼は言い、さらにもう少し砂を払っていくと、彼の痛みが治まってくる。彼女は彼をひと嗅ぎし、汚らしいピンクのズロースをチラッと見て、嫌悪のあまり顔を背ける。吐いてしまいそうな様子だ。結び目を摑むには、彼女の体の下に手を入れなければならない。結び目は彼女の両手両足をしっかりと包み込み、その縄は植物の根っこのように強く、深く埋められている。そして、しばらく結び目と格闘して初めて、彼は自分の両手がどこにあるのかピンとくる。というのも、それまでは女教師の尻についても、太腿の間の奥まった場所についても、冷静に考えてなどいなかったからだ。その奥まった場所が、いまでは彼の忙《せわ》しく動く素手の拳を取り囲んでいる。その場所を覆っている黒い蜘蛛の巣状にもつれたものが何であるか、以前の記憶から察しはつく。縄の端に届くようにもう少し掘り下げると、彼女は驚いてその手から逃れようとアーチ形に背を反らし、腹を彼の両膝にぶつける。しかし、彼のほうは彼女を傷つけるつもりもなければ、彼女の弱みにつけ込もうという欲望もない。というのも、彼女のことを地上で最も無垢で純潔な生き物だと思っているからだ。彼の心の中では、その尻でさえただの尻というより、誠実な彼女の美徳がまっすぐに立ち上がってくる台座である。美徳が立ち上がってくる台座という考えがどこからやって来たのかは、当然ながら実に明白だ。ベルのズロースが裂けてボロボロになっているのだから。彼はそのあからさまで惨めな光景で彼女を汚さないように、女教師に背を向ける。すまんな、奥さん、と言って彼は鞘からボウイナイフを抜き出し、彼女にまたがる。結び目があまりに固くて解けないんだ。切らなきゃならない。だから、じっとしていてくれ。あんたを突き刺したくないからな。

ナイフを見て彼女は目を見開く（実際のところ、一晩じゅう気にかかっていたのだが、彼女の目が何色なのかわからない。目に入ってくるのは、主に瞳の射るような黒さだ）。そして、彼女の体はぐったりとなる。彼は縛られた彼女の四本の手足を摑んで、しっかり支える。彼の片手の甲に触れている彼女の尻でさえ、いまではより尻らしく感じられる。彼女の半分持ち上がった腰も、黒いものに厚く覆われているにもかかわらず、女らしく感じられ、しなやかで優しい丸みを帯び、見ても触っても心地いい。彼のモノは、鋤で溝を掘り起こすかのように、その腰を擦り続けている。彼は彼女の手首と足首を縛っている縄の下に慎重に刃を差し込み、作業にかかる時間に喜びを覚えつつ、一気に上へと力を込めて切断する。縄の端が砂に力なく落ち、線路が消えるが、彼の全神経は女教師に注がれたままだ。彼女は青ざめて涙ぐみ、その体は柔らかくぐったりとして、この上なく清く傷つきやすく見える。ふらふらして、立ち上がれないようだ。彼はよろよろと立ち上がり、男らしいモノを照りつける太陽の下で元気に揺らす。それについて彼にできることはあまりない。彼は優しく彼女を抱え上げる。ちょうどそのとき、遠くの地平線から轟音とともに列車がやって来て、雷のように通り過ぎ、その強い衝撃で彼を跳ね飛ばす。そして、来た途端にまた消えている。列車が遠くに離れていくのが聞こえる。まるで見えないカーブでくるりと向きを変えるかのように、やがて音も聞こえなくなる。彼は女教師を下ろし、何もない地平線をじっと見つめたまま、彼女の口を塞いでいるボロ布を切ってやる。俺が見た最もひでえものってわけじゃねえが、と彼が言う。

〝わけではないが〟よ、と彼女が猿ぐつわを吐き出して、かん高い声で応える。そして、彼に平手打ちをくらわす。その衝撃に彼の歯はカタカタ鳴る。彼女は彼の馬に横乗りになり、それ以上何も言わずに去っていく。彼は何もない砂漠に一人残される。そして頬をさすりながら、みるみるうちに小さくなっていく彼女を見つめる。やがて彼女は地平線の向こうに消えていく。女ってやつはまったくわからねえ。

☆　☆　☆

彼の顔が女教師の平手打ちでまだ痛んでいるうちに、町が再び足下にやって来る。酒場の女性歌手《シャンテューズ》が二階の窓から身を乗り出して大声をあげる。ここに戻って何をやっているのさ、よそ者？　慌てて逃げちまったのかと思ったよ。あんたの顔写真は町じゅうに貼られてるんだからね！

ここから離れられないようだ、と彼がそっけなく言う。本当だ。自分の顔が〝指名手配〟のポスターに載り、あらゆるところに留められているのが見える。ただ、古い軽四輪馬車の近くにある、刑務所のつなぎ柱の横木に下げられたものは、馬小屋からの必死の逃走を描いた背面図のような感じだ。〝馬泥棒！〟と書いてある。〝懸賞金！　死んでいてもピンピンしていても！〟。レースのカーテンがついた窓から顔を出しているオレンジ色の髪の女性歌手《シャンテューズ》以外、この埃っぽい町には生命の気配がない。絞首台の縄を揺らしたり、酒場の看板を揺すったりする熱い風もない。人気がなく静まり返っている。それでいて、影のない真っ昼間の日差しの下、すべてがピンと張り詰めているように思える。まるで町全体にダイナマイトが埋められているかのようだ。彼は誰に対してもピストルを抜く気はまったくないが、拳銃使いの古い習慣で、ガンベルトの上の両手に力が入っている。これは、彼が従っている唯一の習慣だ。みんなはどこだ？　と彼が訊く。

さあね。たぶん、あんたを探しに出ているんだよ、この悪党。すごいスタッグパーティーだったようじゃないか。本当に、あんたはすっごく魅力的だよ。銃を突き出して通りに立って、あたしたちみんなを待ち伏せしようって感じ。あたしが下りて行って、湿ったプッシーをしばらくあんたのモノにはめればいいんだろうけど。あんたのモノが太陽の下でカラカラになっちまわないようにね。

ええと、おまえが俺のズボンをまだ持ってるんじゃないかと思うんだが。

そこいらで見たと思うよ。そこにいて、あんた。探して下に持って行くから。

自分自身の指名手配写真がずらりと並ぶところに立っているのは、どう考えても意味がない。彼は予想してみる。ベルはあの報奨金のことを考えているのかもしれないし、次の結婚計画があるのかもしれない。しかし、こんな何もない壊れそうな町、数枚の板とわずかなブリキとでできた町で、気づかれずに隠れていられる場所を見つけるのは簡単じゃない。最終的に彼が選ぶのは、保安官である自分の刑務所だ。そこでなら、すべてに説明がつくまで、自分を最もうまく守れるかもしれない。そういうわけで、彼は悪いほうの脚を引きずり、そこに向かってよろめきながら歩いていく。荷を積んだインディアンの橇《そり》のようだ。すると、みんなが中で自分を待っているのに気づく。男たちは下から彼の足を蹴り上げ、武器を引き剝がし、拳やブーツ、銃の台尻や木製の義足で彼を徹底的に叩く。

すぐに絞首刑にしてやるぜ、この役立たずの盗人《ぬすっと》野郎。だが、かつては保安官だったんだから、裁判をしてやろう。公明正大にな。そのあとで絞首刑だ。

情けはいらない、と彼は呻き、転がり回って痛みに甘んじる。男たちは彼をさらに蹴る。彼はひんやりと痛む穴が胸に開き、そこから直接呼吸しているように感じる。そして、自分はもはやバッジをつけていないと気づく。馬小屋で落としたに違いない。あるいは、それより前かもしれない。最後にいつそれを見たのか思い出せない。

男たちは足を持って彼を独房へと引きずっていき、持ち上げて中に投げ込む。しかし、そこにはもう一人いる。死んで三、四週間経っているようだ。彼がこのことを男たちに指差して知らせる。眼鏡をかけたせむしの老人が――かつて彼の保安官代理だった男かもしれないし、とにかくそのうちの一人だろう――その死体を蹴って言う。ほかの保安官がお縄にした悪党に違いない。食わせるのを忘れちまったんだな。男たちは死体を拾い上げ、通りに投げ飛ばす。そして、彼をそこに閉じ込めて、鍵を離れた壁に掛ける。壁のほかの部分は、死んだ者たちの写真で覆われている。目のくぼんだ赤ん坊から弾丸で蜂の巣にされた盗賊、山積みになった大量虐殺の犠牲者たちまで。

現在の保安官代理は、もつれた鉄の縄のようなベトベトの長髪で、あちこちに金歯の入った醜いのっぽだ。パイプと酒瓶とトランプをお供に、キーキー音を立てる回転椅子に収まっている。ほかの男たちは闇の中へと出て酒場に向かい、報奨金をどう分けようかと議論している。独房の床で丸くなって、彼はいま、列車が轟音を立てて通り過ぎるときに飛び乗らなかったことを後悔している。思いつかなかったのだ。飛び乗ることではない。女が男に何をするかということ。しかし、それで事態が大きく変わったわけではないだろう。思い出してみると、ある夜、酒場で大騒ぎが起きた後、彼は夜明けに絞首刑が決まっている有名な列車強盗と一緒に、刑務所に入れられたことがあった。俺が育った町はな、と列車強盗は彼に言った。作り話ばかりなんだ。それと無縁ではいられない。だから俺は恐くなった。ほかのやつらがでっちあげた法螺話《ほらばなし》の中で一生を送ることになるんじゃないかって。だいたいは死んだやつらが作った話さ。だから、俺はここへ出てきた。言ってみれば、自分の死ぬ話を自分で作るためにな。まあ、あんたはやり遂げたようだな、と彼は言った。というのも、当時の彼は荒っぽい若者で、その男を賞賛していたからだ。しかし、列車強盗は、彼を村一番のばか男であるかのようにじっと見つめ、そんなことがあるか、と吐き捨てた。

彼はまだ床の上で体を丸めたまま、その状態に慣れ始めている。すると、酒場の女性歌手《シャンテューズ》がベークトビーンズをいっぱい入れた陶製の鍋を持って現われる。ひどい有り様ね、と彼のほうを覗き込んで言う。そのボロ服にはまったくムカムカする。脱がせな、保安官代理。絞首刑の公開用に、あたしが洗ってやるから。

俺は汚らしいズロースには触らないぞ、ベル。

その必要はないよ。あたしにやつの帽子とブーツとシカ皮のシャツをよこしな。

保安官代理は考え込むかのように腋の下を引っ掻き、彼に向かって大声で言う。脱ぐんだ、この野郎。服をこっちに投げろ。さもないと、おまえのケツをふっ飛ばすぞ！

くたばりやがれ、と彼はつぶやく。すると、保安官代理が一発撃ち、彼の耳がひりひり痛む。おそらく、穴が開いている。

気をつけてよ、保安官代理。せっかくの絞首刑が台無しになるわ。開けて。あたしが服を剝ぎ取るから。

面白いものなんて何も引っ張り出せないぜ、ベル。

やつの面白いちっぽけなモノを引っこ抜きたいのさ、保安官代理。もし、あんたがそういう意味で言っているのならだけれど。こいつは裏切り者だよ。あたしを祭壇に立たせっぱなしにしたんだ——あんたはその場にいたから、見ていただろう。ちくしょう、早く見たいよ。このずるがしこい野郎が吊るされて揺れるのをね。さあ、そこを開けて、あたしにやらせておくれ。

ふん、いいだろう、と保安官代理が言う。錠の中で鍵がカチャカチャ音を立てているのが聞こえる。でも、おまえにはずっと銃を向けておくぜ。

でも、新しい穴は開けないでね。この町では、あたしの開いた穴を世話してくれる強い男たちが足りないから。彼女はベークトビーンズの皿を床に置き、彼の横にひざまずく。そして、裸の下半身をちらりと彼に見せる。食べ物を持ってきたよ、ハニー、と彼女が思わせぶりに言う。彼女の股間の部分が、彼に湿った投げキスをしているかのようだ。彼は顔を背ける。そう、確かに耳に傷を負っている。女性歌手《シャンテューズ》は彼の両脚にまたがってブーツを脱がせ、その毛深い部分を擦りつける。そして、彼のガンベルトを外し、シャツを頭から脱がせる。まさに八方塞がりよ、ヒーロー、と荒い息をしながら彼女が囁く。しっぽが短くてハエを払えない馬よりも、問題を抱え込んでいるようだね。

それはどうも。すべてがうまくいくんじゃないかと心配してたんだ。

やつと何を話してるんだ、ベル？

おまえは馬を盗んだくず野郎で、もうすぐ高く吊るされるって言ったのさ。さあ、豆にがっつきな。そして、あたしが服を返しにくるまで、ここで待ってるんだ。

俺はどこにも行かない。

もちろんだぜ、と保安官代理が再び鍵を掛けながら言う。女性歌手《シャンテューズ》が空いているほうの手を保安官代理のズボンに入れるのが見える。

あんたは顔と同じくらい下のほうも醜いねえ、保安官代理、と彼女が言う。

わかってるさ。これでつつかれたいんだろう、ベル？

いつもってわけじゃないよ、と彼女が呻くように言って、保安官代理の蜘蛛の巣状の毛の中に鼻を突っ込み、傷跡の皮膚の太い塊を口に咥える。かつては耳だった部分だろう。あんたはその軟骨質のモノをもてあそんでおきな、保安官代理。この若造のボロ服を持ってあたしが戻るまで、元気にさせておくんだよ。

彼女はドアの外に出て、またすぐに戻って来る様子だ。しかし、そうではないと彼にはわかる。というのも、彼は豆が入った鍋の中に弓のこを見つけ、窓格子を切り外していたからだ。一方、彼の見張りは背中を向け、ランプの側でボトルからウィスキーを飲み、トランプで一人遊《ソリティア》びをしていた。気づいたのだが、格子はタールを塗って黒くした古い木製の柵柱にすぎない。拳で打つだけでも外せただろう。

彼は弓のこを豆が入った鍋の中に落として戻す。保安官代理が酔っ払って椅子から立ち上がり、ふらふらと独房の鍵を開けにやって来たからだ。今夜はひどい臭いを出してるぞ、ベル。

まあ、すぐに舐められるよ、保安官代理。ちょっと服をあのならず者に返させて。やつがこんなふうにほとんど素っ裸で歩き回るなんて、見たくもないよ。文明的じゃない。

彼のシカ皮のシャツが黒く染められているのが見える。汚すぎて洗えなかったから、染めるしかなかったのさ、と彼女が説明する。彼女はまた、彼につばの広いスローチハット、手袋、ネッカチーフ、そしてブーツを持ってきている。これらもすべて黒い。ズボン下さえ黒い。彼女はボロボロのピンク色のズロースを剝ぎ取り、独房のドアの外に向かって投げる。さあ、待っている間にそれを嗅いでいるんだよ、保安官代理！　すっかり酒に酔った男はズロースを受け取ってぼんやり見つめ、みるみる青ざめると、つまずきながらドアを出て通りで吐く。保安官代理が行ってしまうと、女性歌手《シャンテューズ》はズボン下を引き上げ、彼の傷ついた睾丸をこのうえなく優しく擦り寄せて囁く。あの窓の外で、馬と武器とが待ってるよ、あんた。さあ、残りの服を着て、ここから出るんだ。そのあいだ、あたしと保安官代理はお祈りしておくからさ。あとで落ち合おう。

でも、どこで——？

心配しなさんな、ハンサムさん、と彼女がにやりと笑う。あたしがあんたを見つけるよ。あんたは迷子になれないのさ。

☆　☆　☆

たくさんのことが起こって、彼は一人ぼっちになり、再び砂漠で見捨てられる。夜の黒い天蓋の下で大の字になり、餓死しそうになり、干からび、あまりの痛みに立ち上がって進み続けることもできない。できなければ、死ぬだろう。もちろん、このあたりでは大惨事というわけでもない。もっと心配なのは、黒い雌馬に乗って激しいギャロップで町から出るときに、帽子とブーツをなくしてしまったことだ。あの生き物は、一度救出してくれたあと、彼をここに放り出して見捨てた。彼は疲れ果て、使いものにならず、助けを求めていた。山から下りてきた老罠猟師がかつて〝言語を絶する乾いた皮〟と呼んだような状態。当時、それは〝やりたくない相手〟のお上品な言い方なのだと彼は思っていた。

起こったことの一つはこうだ。机の後ろでベルが酔っ払いの保安官代理のお相手をしているあいだに（あの野蛮なならず者に興奮しまくってほしくはないでしょ、と彼女はその醜い男を視界から押しのけながら言い、彼のほうにウィンクした）、彼はブーツを拾って独房の窓から這い出た。独房は表よりも裏のほうが一階分高くなっているとわかった。馬が尻に彼のガンベルトを載せ、下で待っているのが見えた。彼はままよと飛び降り、ボールが革のグローブに収まるように、ぴたりと鞍に収まった。痛みはあったが、恐れたほどでもなかった。おそらく、ごく最近の罰に耐えたことで、痛みを感じにくくなったのだろう。しかし、その格好のいい真っ黒なサラブレッドが彼とキャッチボールをしたいのだとしても、彼をどこかに連れて行く気はあまりないようで、彼の必死の催促も冷たく無視した。

彼は彼女《サラブレッド》の機嫌を取り、脇腹を膝で押して動くよう促し、耳元で舌を鳴らした。手綱を引っ摑み、進めと狂ったように囁いて命令し、尻を打ち、そして彼女《サラブレッド》が黒い悪魔でもあるかのように罵った。しかし、彼女《サラブレッド》は顔を向けて彼を物欲しそうに見つめるだけだった。あるいは、咎める気持ちや、がっかりした気持ちで見ていたのかもしれない。

その間、向こうの酒場では、喧嘩騒ぎが起こっていた。彼にわかる限りでは、報奨金をめぐっての喧嘩らしい。あるいは、男たちは報奨金目当てに賭けをしていて、誰かがイカサマをしたのだろう。騒ぎはもう、通りにまで広がっていた。殴り合いや銃撃戦が起こり、ボトルや椅子や割れた窓ガラスや鏡が飛び交い、こうしたことすべてに混じって、酔っ払いたちがリンチを求めて騒ぎ立てていた。俺たちを目茶苦茶にしたのは、あの馬泥棒の元保安官野郎だぜ！　あの惨めなガキをあそこから引きずり出して、縛り首にするぞ！　おう！　やつはこの町を荒らしたんだ！　さあ！　あの野郎を捕まえるぞ！　しかし、騒ぎが彼のほうへと不気味に広がりつつあっても、雌馬はその場に立ち、じっと動かず、肩越しに彼に向かって感傷的な視線を送っていた。彼は考え始めた。酒場の女性歌手《シャンテューズ》は、彼女が見せかけている以上に、結婚パーティーを妨害されたことを根にもっているのかもしれない。それで彼に合法的な絞首刑より、もっと苦痛に満ちたものを準備しているのではないか。進め、このアマ！　と彼は声をあげたが、この頑固な生き物は進もうとしなかった。

脳天を何かでぶち割ってやりたい気になったが、彼女《サラブレッド》は彼の唯一の持ち物だ。彼は歯を食いしばってこらえ、体を前に傾けた。そして、彼女《サラブレッド》のすべすべした黒い首を撫でながら、手遅れにならないうちに、このひどいゴミ溜めのような場所から連れ出してくれ、と懸命に頼み込んだ。さらに、彼女《サラブレッド》のピンと立った耳に向かってこう囁いた。いまではもう二人きりで、俺の運命はおまえの手にある——蹄にあるといったほうがいいか。おまえが大ばか者のようにここに残って殺されたいのなら、まあ、俺はそれに従おう。俺にとっては、ソーセージみたいに縄にぶら下がって揺れるより、ここで撃ち殺されたほうがましだからな。でも、おまえはそんな痛ましい侮辱を耐え忍ぶ必要はない。俺たちのどちらにも、そんな必要はない。俺たちにはまだたっぷり時間がある。元気を出して進まなきゃならない。しかも今すぐに！　彼が話しているうちに、彼女《サラブレッド》は前脚で地面を引っ掻き、鼻を鳴らし、頭を急に上げ始めた。彼は彼女《サラブレッド》に、おまえはこれまで見た中で一番美しい馬だよ、と言った。おまえがあらゆる生き物のうちで最も醜く得体の知れないものであっても、俺は構わない。おまえのことを愛したはずだ。ただ、おまえが踵を蹴り上げ、一目散にここから逃げてくれればいいんだ、と。気がつくと、彼らは町から何マイルも離れていた。砂漠の夜を疾走し、あまりの速さに彼は鞍にしがみつくしかない。まぶたは風圧で開かず、歯は風圧で開いた唇の後ろで剝き出しになり、耳にできた新しい穴はヒューヒューと音を立て、服は風に吹かれて裂けていく。すると突然、疾走が止まって前へと弾みがつき、彼は雌馬の頭上で宙返りして、いま横たわっている場所へと着地した。仰向けになって無関心な星たちを見上げる。帽子もブーツも武器もなく、再び立ち上がるなんて想像もできない。移り気な黒い雌馬《サラブレッド》は、もうずっと前に夜の中へと消えてしまった。まるで、彼をここまで連れてきて振り落としたことで、自分の任務は終わったとでも言うかのように。

まあ、彼は前にも馬から投げ落とされたことはある。性悪な馬を手なずけるのは、彼が何者か、彼が何をする人物かの証しの一つだ。あるいは、思い出せる限り、かつてはそうだった。これにまつわる記憶は、そのほとんどが背骨のつけ根にあり、いま新たに掻き立てられている。しかし、それも久しぶりのことだ。ここまで乗ってきたムスタングは、彼が手なずけた最後のものだろう。本当に手なずけたことがあったとしての話だが。簡単ではなかった。その馬は野生の中で生活し、自分の上に座る人物についての固定概念を持っていた。彼自身も上に座られるのは嫌なので、その概念に敬意を払うことはできたが、それも害を及ぼし始めるまでのことだった。馬は石のようにじっと立っているかと思うと、突然時計のバネのように解き放たれ、あらゆる方向に突進し始めたのだ。二本の足が同時に地面を打つことなどない。くるくる回り、高飛び込みや背面とんぼ返りの動きをした。まるで鞭の端に乗っているか、地震の際に崖の表面にしがみつこうとしているかのようだった。尻でしがみつくのが精一杯。彼は泥の穴やサボテンの茂み、堆肥を運ぶ馬車やたき火の中へと振り落とされた。一度など、木の上へ飛ばされたこともあった。彼は激怒した。ちくしょう、こいつが参るか俺が参るかだ。彼は鐙と鞍とにしがみつき、昼夜ずっとできる限り乗ってやろうとした。どれだけの時間だったか彼には言えないが、一生のように思われた。決して終わることのない、ひどく骨の折れる悪夢。ある日、彼はキイチゴが生い茂る峡谷の底で意識を取り戻した。相変わらず壊れた馬具にしがみついたままだが、馬のほうは頭上の斜面に生えている草を静かに食んでいた。

馬は彼を負かしたが、その後は両者仲良くやっていった。ある種の相棒だ。どちらも元いた場所に戻ることはなかった。そうしたくても、彼のほうは帰り道をどう見つけたらいいのかわからなかっただろう。その代わり、彼らはただ進み続けた。休みなくさまよい歩く漂流者のペア。風に吹かれるがまま、漂泊してここまでやって来たのだ。砂漠へ。いまいるのはどこか。どこかだ。コヨーテがけたたましく吠え、一匹オオカミが遠吠えする。遠回しとも言えない形で思い出させてくれるではないか。つまり、彼が肉であるということ。彼が横たわっている砂漠の乾いた腹は空っぽで、満たされることのない飢えでいっぱいだ。いまも、彼は自分の下でその腹がゴロゴロと低くかすかに鳴っているのを感じる。こんなふうに聞こえるのだ。〝動物がこっそり近づいているぞ〟。彼には武器がない。ボウイナイフすらない。しかし、その動物が何であれ、ただ飯を食わせるわけにはいかない。彼は死んだようにじっと横たわったまま、その動物がどれくらいの距離にいるのか、どちらからやって来るのかを判断しようとする。手がかりを求めて大気を嗅ぎ、それが鏡であったらと願いながら夜空をじっと見つめる。今夜、空には何の動きもない。星たちはそれぞれの場所に釘づけされているが、チカチカと瞬きながら、そこから外れて簡単に落ちそうな様子も見せている。彼は星たちに神経を集中させる。まるで見つめるだけでその中の一つを抜き取るかのように。すると、驚いたことに(彼は叫び声をあげる)、実際にそうなる。あるいはそうなったかのように見える。ただ、その星は彼を食らおうとする動物に当たるのではなく、彼の上に落ちる。しかし——それは星ではない。違う。彼はブーツに、自分自身のブーツの片方に顔を打たれたのだ。彼を見下ろすように立っているのは、あの黒い雌馬《サラブレッド》。彼女が帰ってきた。毛は汗で濡れ、口の両端には泡がついている。彼女《サラブレッド》はもう片方のブーツ、帽子、ガンベルト、そして鞘に収めたナイフを落とす。

　彼は仰向けに横たわり、自分の上にいる巨大な馬をじっと見つめる。黒い体は星たちを覆い隠しているが、目は二つの月のように光を発している。そして、彼は突然、これまで感じたよりもしっかりと大地に結びついていると感じる。まるで、馬が——彼は彼女《サラブレッド》のことをまったく誤解していたのだが——何も説明することなく(彼はこれまで通り無知なのだ）彼に存在理由とそれを求める熱望を与えたかのように。いま、彼は自分たちが今夜生き延びることになるとわかる。彼女《サラブレッド》は身をかがめて大きな鼻を彼の鼻にこすりつける。彼の胸に鼻を押しつける。ぐずぐずせずにやるべきことをやれと促すかのように。そう、わかっている。進み続けなければならない。おそらく、やつらは彼女《サラブレッド》を追ってここまで来ている。しかし、この瞬間に彼が感じる調和した宇宙観があまりにも魅力的で、彼はあとほんの少しだけそれにしがみついていたいと思う。自分は見つめている、馬と空とをじっと見上げ、真実そのもの、真実の核心と真髄を見つめている。そう彼は感じる。もちろん言葉では表現できない。あの臭い老人が、自分が見たものに度を失って言ったように。それでいて、彼の心臓――彼の最も使われていない器官――は感動している。彼は感謝を込めて雌馬の首を撫でてやろうと伸び上がるが、彼女《サラブレッド》は尻込みしてサッと身を引く。何だ――？　血だ！　馬は怪我をしている！　やつらは彼女《サラブレッド》を撃ったんだ、あの邪悪で腰抜けのばかどもめ！　彼の中に湧き上がる激しい怒りが功を奏する。激怒に衝き動かされて彼は体を起こし、ガンベルトや彼女が運んできたそのほかのものを身につける。やつら相手に戦う準備はできた！　雌馬はその場にあるものを食もうとするかのように、辛抱強く見つめては、地面に鼻を押しつける。しかし、食べるものは何もない。ブーツを履くのが一番難しい。体が曲がらず、力が出ないのだ。雌馬が彼の脇に片足を差し出し、彼の支えになってくれる。そこまでしてもらって、彼は立ち上がろうと彼女《サラブレッド》の肩にしがみつき、膝まではは何とかなる。しかし、残りがどうにもなりそうにない。片方の足を地面に据えると、もう片方がくずおれてしまう。雌馬がこの問題も解決してくれる。ズボンの尻当てを噛んで彼を引き上げ、自分の背中に乗せる。彼はそこにぎこちなくつんのめって腹這いに体を広げ、脚を垂らす。世界を担うのはここまで。雌馬が静かにいななく。彼は彼女《サラブレッド》の首を抱きしめ、彼らは一緒にギャロップしながらそこを離れていく。

☆　☆　☆

彼は大して夢を見る人間ではない。目が覚めているときには目が覚めているし、眠っているときには眠っている。しかし、砂漠でのこの夜、ギャロップする黒い雌馬の背にぐったりと横たわって、彼は夢を見ている。彼は黒い服を着た美女と駅馬車で旅をしており、女は彼の二倍も大きい。二人はインディアンや盗賊がうようよいる危険な国を通り抜けている。そして、女は彼にある物語を語っている。魔力をもつ荒野へと危険な旅をする、勇敢で機知に富んだ冒険好きの若者の話だ。女によると、その若者は正直で力強く、発達した筋肉と動物的な精神を見事に兼ね備えていた。肩は四角く鋳鉄のように丈夫で、手足は鋼の棒のようだった。彼がその姿を思い描こうとしていると、女が顔の向きを変え、頬にある黒いつけぼくろを見せる。そして、まるでその美しい若者がどこかそのあたりにいるかのように、一心に駅馬車の窓から外を見つめている。駅馬車は襲撃されているところなのだが、どういうわけか、二人は単なる見物人だ。若者は金色のカールした髪と男らしい額の持ち主だったのよ、と女は穏やかに話し続け、彼のほうへ向き直る。輝く青い目は優しく静かな情熱をたたえていたけど、それでいて、興奮するとしっかりした決意も見せていたの。鉤鼻は矢のようにまっすぐ伸びていて、まるでパロス島の最も見事な大理石から彫られたかのよう。がっしりと角張った顎には割れ目が入っていて、完璧に整列した白い歯は、微笑むとつややかな真珠の連なりのように輝いたわ。女はその真珠の輝きを身をもって示すかのように、かすかに微笑んでみせる。しかし、実際のところ、女の口には影が満ちている。若者は自分の優れた力を乱用はせず、かなり挑発されない限り使わなかったし、使うのは公正な競争をするときだけだったわ。それに、いつも女性には騎士のように優しかった。二人はいま完全にインディアンだか盗賊だかその両方だかに囲まれ、乗っている駅馬車の揺れはどんどんひどくなっていく。木製の車輪が轍《わだち》や石にぶつかり、高く弾んだかと思うと、ガタガタいう音と共に落ちる。革のスプリングがキーキー軋《きし》み、銃弾や矢が羽目板じゅうに穴を開ける。若者は自分が独立して自由で、自分の運命を支配していると信じていたわ、と女が顔を悲しみで曇らせながら話を続ける。でももちろん、若者は単なる運命の手先だったの。それに、と女は溜め息をつきながら言う。彼は死んでいるの。死んでいる？　と彼が訊く。彼は女の膝によじ登って抱きしめてもらいたいのだが、彼女は膝の上で両手を握りしめている。この上にいる御者だけどね、と女が言う。気づいてなかった？　御者は死んでいるの。馬たちは制御不能よ。

それで彼らの馬車はあまりにも速く進み、あまりにも激しく揺れ動いているのだ。彼は自分の勇気と知恵を証明してみせなければならないとわかっている。そのために、こんな悲惨な旅に出たのかもしれない。彼は座席から這い降りて、駅馬車のドアを開ける。ドアは激しいスピードに煽られて引きちぎれ、数人の敵を乗っている馬から払い倒す。ちょうど、投げ込まれた積み木が、おもちゃの騎兵たちを打ち負かすかのように。御者席まで行くのは簡単ではない。手を交互に動かして、窓枠やまわり縁や手すりや真鍮の部品を掴みながら、スピードを増す駅馬車の側面を苦労して進まなければならない。彼は何度も吹き飛ばされそうになる。グラグラ揺れる駅馬車にしがみつくのは、野生の馬に乗るようなものだ。そして、これができるのは世界じゅうでたった一人、自分しかいないのかもしれない、と彼は実感する。その間ずっと、弾丸や矢が駅馬車の側面にぶち当たっているが、かろうじて彼からは外れている。あるいは、当たっていても彼にはよくわからないし、それほど気にしてもいない。彼はこの状況から生きて出られると思ってはいない。次にすべきことをしようと思っているだけだ。

特別仕立ての御者席は空っぽだが、やがて空っぽでなくなる。男が一人、彼のはるか上にぬっと現われる。燃えるような目と粗《あら》いごま塩の顎鬚の男だ。男は雷鳴のように轟く馬の一団に大声で叫んでいる――ハイ！　ハイ！――そして、馬たちを黒く長い鞭で打ち、さらに速く走らせる。御者は彼がそこにいて、駅馬車の側面をよじ登っているのを知っているようだが、見えないふりをしている。この男は本物の御者ではあり得ない。盗賊かインディアンが本物の御者を殺してしまったのだろう。彼は御者を愛していたのに。あるいは、愛していたかもしれないのに（もし彼が御者を知っていたらの話だが）。ハイ！　と狂気じみた目をした御者が叫び、鞭を鳴らす。彼は御者の膝の高さまでしか届かなかったが、どうにか鞭をもぎ取る。彼が頭上に鞭を振り上げると、御者は恐怖で後ずさる――彼は手前の馬たちの上に作った足場に乗るかのようにして、御者の一、二ヤード前に立っているらしい。そして、彼は鞭をピシッと鳴らし、ひと振りで御者の頭を切り取ってしまう。頭は宙を飛び、駅馬車のてっぺんに当たって跳ね返る。無意識に驚きの表情を浮かべている。彼は手綱を摑もうと振り向くが、手綱はない。暴れ馬たちは全速力で走り、駅馬車を引っ張っていく。馬車は傾きつつ疾走し、大きく口を開けて待つ崖へとまっしぐら。御者席の彼の脇では、御者の頭のない体がぎくしゃくと左右に揺れ、彼の肩を叩いている。まるで彼を御者台から叩き落として、首を落とした復讐をしようとしているかのようだ。この運の尽きた駅馬車から飛び降りてもいいのだが、下の駅馬車内にはまだ黒い服の女がいる。崖に行き着く前に、何とか駅馬車を止めなければならない。彼に考えられる唯一の方法は、先頭の二頭まで這って行き、その馬たちを操るというものだ。迷うことなく彼は下にいる先頭の二頭に向かって身を投げるのだが、ずれて二頭のあいだ、二頭をつないでいる綱具の中に落ちてしまう。どういうわけか、彼はその綱具からガーターベルトを連想する。起き上がって最前部に向かいたいのだが、どこかが引っかかっている。そのうち馬たちがギャロップする蹄のリズムになごみ、眠りへと誘われる。彼が知らないうちにうとうとしていると、黒い服の女が綱具の中にいる彼と合流する。大丈夫よ、と彼女は言い、彼の額を撫でる(彼女の鼻でか?)。あなたのせいじゃないわ。彼女は彼の横で体を伸ばし、轟く蹄の音に抱かれるかのように揺れている。彼もようやく安心し(崖は? 大したことじゃない、気にするな)、彼女にしっかり体を擦り寄せ、居眠りを始める。

目が覚めると、彼は最初よくわからないでいる。何から目が覚めたのか。自分が体を押しつけている温かい体が誰のものなのか。しばらく目を閉じたままでいて、厳しい世界が再び彼に襲いかかる前に、その夢の心なごませるオーラのようなものを記憶にとどめようとする。夢が教えてくれた、自分が誰で、どうしてここにいるのか知っているという感覚。しかし、実際には、そのオーラはだんだんと消えていき、残ったのは何か（女か？）の縁にいたという記憶のみ。それから、ごま塩鬚を生やした年寄りの罠猟師の顔に浮かんだ表情。その男に向かって、これができる世界で唯一の人間は俺だ、と彼が言ったときに浮かんだ表情だ。夢の中で自分は自分だったのかすら、彼にはよくわからない。それはまるで、自分が別人で、行きたくない場所へと彼を連れて行く人物だったような感覚。これはまったく意味を成していない。夢にしがみつくのは、匂いを食べようとするみたいなものだ。そのときはすべてがあまりにも生々しく現実的で、意味に満ちあふれているのに、あとになってみると、こういうぼんやりした亡霊のようなイメージだけが、目覚めた頭に取り憑き続ける。

これは、これは。おはよう、あんた。彼は薄目を開ける。戸口に酒場の女性歌手《シャンテューズ》が立っている。何かしらの戸口だ。あんたたち、どちらもよく眠れた？

彼は嫌な臭いのする古いマットレスの上に横になっている。藁がチクチクし、毛布はボロ布だ。それでも、砂漠の底やガタガタ揺れる鞍よりは心地よい。といっても、そういうものに彼はだんだんと慣れてはきていて、ぐっすり眠ったし、たっぷり眠った。もう真っ昼間に違いない。ベッドにいる連れは黒い雌馬だ。横向きに寝て、背中を彼にくっつけている。彼は転がるようにして彼女《サラブレッド》から離れ、体を起こす。まだあの夢を思い出そうとしているが、夢はほとんど消えている。どうやってここにたどり着いたのかも思い出せない。〝ここ〟というのはボロボロの木製の小屋で、ひどく銃撃されて屋根の半分はなくなっている。彼はブーツとシカ皮の服を脱がされ、身につけているのは黒い上下続きの下着とネッカチーフだけだ。

俺は父親についての夢を見ていた、とせっかちにあくびをしながら彼は言う。雌馬は彼の後ろでベッドから重々しく起き上がり、朝の用事を済ませにパッカパッカと音を立てて外に出ていく。

へえ。いい人だったの？

さあな。やつのことは知らない。

女性歌手《シャンテューズ》は屋根を通して降り注ぐ真昼の陽光の中に立っている。今日はいかした黒い服で着飾っている。シャツ、ビーズや房飾りのついた膝丈のショートスカート、ハイブーツ、腰につけた六連発銃、固いつばから小さな深紅色の房が下がっている黒く平べったい帽子。帽子の房は頬につけたルビーとよく合っている。夢の中のことを言っているのよ、と彼女が言う。

思い出せない。やつは俺を殺そうとしたと思う。

そいつに違いないね、うん。でも、ブーツを履きなよ、カウボーイ。ここであんたが逮捕されるのは嫌だからね。

どうやって脱いだのかわからない。俺たちはどこに行くんだ？

彼女は黒い仮面を自分の目につけ、彼にも似たものを手渡す。いまじゃ、あんたは有名なならず者なんだよ。だから、あたしたちはこそ泥や早撃ちの名手や鍵の専門家を掻き集めて、殺しや盗みをしに行くんだ。

☆ ☆ ☆

その夜、列車を襲撃しようと待っているあいだ、彼と無法者たちの一団は見つけ出した線路の上で焚火を燃やし、まわりに座って待つ。みな黒い帽子をかぶった厳しい顔つきの男たちだ。一方、オレンジ色の髪の女性歌手《シャンテューズ》は今や悪党どもの女王となり、その日の強奪品の山に昇って、古い感傷的なバラードを歌っている。紫色のセージが咲く人跡未踏の谷で道に迷った孤独、汚れた鳩、燃えるティピなどについての歌。さらに、古い牧場での汚い取引や赤痢、囁くハコヤナギの下を流れる血の川などの歌。彼らは一日じゅう店や銀行に強盗に入り、人殺しをしまくったので、動き回るのには疲れている。こういうのんびりとした休憩はありがたい。そしてベルが、町全体を縛り首にした絞首刑好きの裁判官の歌を歌うと、彼らもみな一緒になって歌い出す（まったく歌を歌わない彼でさえも歌う）。彼女が犠牲者を挙げると、そこに二、三人ずつ足していく——やつは教師と説教師、中国人売春婦を縛り首にした！　やつは怠け者《ランブラー》とギャンブラー、自分の義足も縛り首にした！　それからユニゾンで一斉に叫ぶ。**でも、俺のことは縛り首にできねえ！**　彼らは笑い、火に向かって唾を吐き、ウィスキーのボトルを回す。上機嫌の男たち、無鉄砲で乱暴な男たちだ。

彼の黒い雌馬は焚火にあたる彼のそばでうずくまり、背もたれとして、そして風や埃から身を守るものとして使われるのを許している。彼らがいまいる場所は剝き出しで、四方からの風に晒されている。風は夜になると特にひどく、彼らの鼻に埃を吹き込み、帽子を飛ばそうとする。彼らは焚火を見守っていなければならない。そうしないと、燃えさしが吹き飛ばされて乾いた低木に燃え移り、強盗の計画が台無しになってしまう。とはいえ、線路を見失わないために、焚火からの光は必要だ。線路はその日、ずっと彼らをかわし続け、水へビのように摑みどころがなかった。この寂しい場所で線路を見つけるまでに、何時間もかかった。彼らが追っていた線路は、見たところ動物の水飲み場で行き止まりになっており、ここまで来られたのはおもに彼の黒い雌馬のおかげだった。馬は細かい石炭殻の跡を追って、彼らをここに導いたのだ。ここまで来ても、線路は擦り抜けようとし続けており、だから彼らは線路の上で焚火を焚いたのだった。線路がまた移動したら、彼らもみな一緒に移動する。

長いこと鞍に座って、一日じゅう腿がこすられ前立腺が叩かれ続けると、体じゅうが痛くなるのが普通だ。腰を下ろすのも立ち上がるのも同じくらい耐えがたくなる。しかしこの雌馬は乗り心地がよく、いまの彼が何かを感じているとすれば、それは一日が始まったときよりもいい気持ちだということだ。新たな苦痛を感じることはなく、優しくマッサージを受けたか油を塗られたかのように、だいたいの古傷は癒えた。雌馬は足も速く、恐れ知らずで、銃で撃たれても冷静さを失わない。今日、厄介事から速足で逃げていくときも、弾丸を軽く追い越して行った。フェンスや溝を飛び越え、どんな斜面も危機もすいすい切り抜けることができる。五セント貨ほどの空間でくるりと方向転換でき、四セントのお釣りが来るほどだ。彼らは今日の冒険のとき、抵抗する店員、店主、保安官代理などを殺さねばならなかったが、唯一の深刻なトラブルは織物類の大型店舗から黒い帽子を強奪していて、同じ店に強盗に入った別のギャングと出くわしたときのことだった。爆発的な射撃戦が繰り広げられているあいだ、雌馬は店に忍び込み、帽子をすべて盗み出した。そして更紗の束の背後で動けなくなっていた彼を救出し、数人の頭を踏みつけつつ、無事に一団を導いて脱出した。ほとんど無事に、だ。銃弾の雨あられのなかで二人ほど失ったが、あとになって敵の集団のメンバーたちが帽子をもらえるなら仲間に加わりたいと申し出たので、再び補充されたのである。

新しいギャングのメンバーの一人がいま悪党どもの女王の歌を遮り、不平を言い出す。白いシャツに黒いベストを着た痩せ形のノッポ。羊肉形の頬髯《ほおひげ》を生やし、袖をゴムバンドで押さえ、十セント貨を二つワイヤにつけたかのような眼鏡をしている気取り屋である。女王は飯場の酒宴で浮かれ騒ぐ放牧地の渡り労働者の歌を歌っていたところ。男の不平は自分の帽子がぴったりではないということだ。こいつは俺の耳に可笑《おか》しな感じでかぶさっちまう、と男はブツブツ言う。

この変態ホモ野郎、黙りやがれ、と黒い顎鬚を生やしたせむし男が言う。男はクルミ材のピストルを取り出し、二つの十セント貨の中間に銃弾を撃ち込む。ベルが歌ってるんだ。やめろ、猫背野郎、と色の浅黒い男が言う。やぶにらみの太った男で、傷のあるむくんだ唇からシガリロを垂らしている。あいつは俺のダチだったんだ。クソみてえな歌を邪魔したからって、殺すことはなかったぜ。

そうか？　せむし男は太った男にピストルを向ける。次はおまえの番だぞ。コンドルの餌になるか？

太った男は無表情なままピストルの銃身を斜めに見つめ、シガリロをゆっくりと吸う。膝の上に置いた両手に力が入る。俺に構わないほうがいいぜ、相棒。何が起こるかわからねえからな。渦を巻く風に煽られ、赤く燃えるシガリロから灰が吹き飛ぶ。落とし前はつけてもらうぞ。

落とし前をつけるのは俺じゃねえ、おまえのほうだと顎鬚のせむし男は言い、ピストルの撃鉄をカチリと起こす。

黒い雌馬にもたれかかっていた彼は起き上がり、二人のところに歩いていく。必要なら二人とも撃つつもりだ。そのとき、悪党どもの女王が戦利品の山から下り、二人のあいだに入る。女は房飾りのついたソンブレロをかぶっているが、それが片側の眉を厳めしく隠しているさまは、女が本気であることを示しているかのようだ。クソみたいな言い争いをしている時間はないんだよ、おまえたち、と女は言い、二人の耳を鋭く叩いて、男たちの帽子をはじき飛ばす。彼は地面に手を伸ばしてせむし男の銃を取り上げ、撃鉄を戻し、弾丸を空にして男の膝に戻す。このマヌケな法螺吹きども、握手して仲直りしなさい。

でも、ベル……。

ちょっと、議論したって始まらないでしょ、と女は言い、もう一度ずつ殴る。列車はいつ来てもおかしくない。あたしらと一緒にやるの、やらないの?

やるとも！　もちろんだ、ベル、でも――。

だったらやんなさい。

ああ、わかったよ。畜生、おまえのダチを撃って悪かった。クソ列車を待っているうちにピリピリしてきてな。

大したこっちゃねえよ。ほんと言うと、俺もあのすかしたクソ野郎には我慢ならなかったんだ。

これで一件落着だね、おまえたち。そう悪党どもの女王は言い、二人の髪の毛をもみくちゃにする。そして戦利品の山に戻り、ギターのチューニングを始める。彼はまた雌馬にもたれかかり、金の指輪を指でいじる。彼の耳に空いた弾痕の見返りに、ベルが盗んでくれた指輪だ。彼は顔を上げ、激しい風に吹きつけられる星たちを見る。そして彼が過ごしてきた日々がここで、風に吹き飛ばされているかのごとく彼を追い越していくように思われ、それについて考える。こうした日々の記憶自体、まるで最初からなかったかのように吹き飛ばされ、習慣と印象の星座のようなものが残っているだけだ。この星座が彼という存在の雑多で曖昧な概念を構成している。そして、無愛想な斥候の老人がかつて彼に指摘したように、星座は本当に存在しているのではなく、地表に縛られた人間たちの局所的な幻想にすぎない。そう老人は言ったのだが、本当にそうだと思える。ということは、彼は何も知らないということだし、混乱に陥ったときなど、彼の知識は〝無〟以下でさえある。たとえばその日が彼に与えた一つの印象は、彼がおそらく法を守ることよりも破ることのほうに楽に馴染みやすいということだが、こうした志向は心の動揺によってぼやけたものとなる。自分の心の本質がどういうものか、彼なりの考えはあるのだが、完全に理解したわけではない。というのも、彼はいつでも自分が――その職業、意志、体質などから――自由な男、漂泊者、一匹狼であると知っていたのであり、だからこのような動揺に陥るはずはなかったのだ。しかし、これもすべてあの町の女教師に会うまでの話。彼はいまでも彼女の姿を思い浮かべることができる。鉄道の線路に縛りつけられ、もがいている姿。悲しげで可愛らしく、そして切なげな顔。簡単に言えば、星座となった彼自身の概念などクソくらえで、彼は恋をしているのかもしれない（ただし、それこそ肝心な点で、彼は恋などできない）のだが、このように法の外に出てしまうと、愛は完全に彼にとって否定されたものとなる。線路はまだ音を立てないの？　そうベルが訊ねる。

片目の混血《メスティーソ》男、脂ぎった黒い長髪の男が、自分の座っていた線路に片耳を当てる。いや、聞こえねえ。

たぶん、こいつは本物の線路じゃねえんだ。がに股の男がそう言う。赤い肌着を着て黒い山高帽をかぶった、ごま塩鬚の老人だ。たぶん、こいつはクソ鉄道会社が敷いた偽の線路で、わしらを迷わせようとしとるんだ。

彼の背後の黒い雌馬が頭を上げ、異議を唱えるような鳴き声をあげて首を振る。こいつは本物の線路だよ、親父さん。彼は馬の肩を叩きながら静かな声で言う。イラつくんじゃない。すぐに来るさ。

待っている時間をつぶし、気の高ぶった男たちを静めるために、ベルは伝道集会で好まれる古い歌を歌う。運命と早撃ち、権力と自由についての歌（大草原で何かが吠える、黒くて毛むくじゃらなものが歩き回る、と彼女は風吹きすさぶ真っ暗な夜に向かって声を震わせ歌う。焚火で彼女の頰のルビーは真っ赤に染まり、口の中にあるかまどを覗く窓のように見える）、そして歌の最後で（果てしない空間！　アーメン！　アーメン！）彼と男たちも一緒に歌い始め、頭をのけぞらせて、嘆くような叫び声を引き延ばす。それは風の中に入ってその一部となり、そしてかすかに輝く草原に広がっていくように見える。まるで彼らの実現されなかった願望のぼんやりした痛みによってそれを包み込むかのように。

叫び声はゆっくりと去っていく風に運ばれ、はるか彼方に消えていく。それに続く濃密な沈黙のなか、髪がよれよれの混血男《メスティーソ》が線路に耳をつけ、手を挙げて囁く。来るぞ！

急いで彼らは火を踏み消し、仮面をつけて馬に登る。彼方で嘆き悲しむように唸る音が聞こえてきて、彼らのほうに迫って来る。まるで彼らの叫び声に応えているかのようだ。

彼は列車の進行を妨げるために雌馬を線路の真ん中に導き、外れそうなレールを釘で打ちつける。ほかの者たちは彼のまわりに集まり、ピストルやライフルを出して、何であれ次に起こることに備える。汽車の音が高まり、汽笛がボーッと叫ぶ。ガタガタとリズミカルに鉄の車輪の鳴る音が聞こえ、どんどん近づいてくる。ところが、汽車が現われる気配はない。

汽車の灯りが見えてもいい頃だよな、と誰かが言う。そして突然、すべてが静まり返る。

何だ――？　どこに行ったんだ？

シッ！

夜がしんしんと深まる中、彼らはその場に立ちすくむ。馬に乗ったまま、確保した線路の短い区間に集まり、ぼんやりと見える何もない地平線を見つめている。自分たちの息遣いと、ときどき地面を踏む蹄の音、誰かがぐらつく歯を通して神経質に息を吸い込む音以外、何も聞こえない。そのとき、沈黙が降りたのと同じくらい唐突に、汽車が轟音を立てて彼らに迫る。汽笛が吠え、ヘッドライトが悪魔の振り子のように頭上で揺れる。煙突から火が噴き出し、車輪が線路を激しく擦って火花が飛び散る。馬たちは前脚を高く上げ、騎手たちは転げ落ちる。叫ぶ者、走る者たちもいる。しかし彼と雌馬はその場に立ち続け、すると汽車はまた消える。沈黙と闇が降り、以前よりも深まる。

ほかの男たちは口汚い言葉をつぶやきつつ、体の埃を払って、また馬に這い登る。悪党どもの女王はたてがみが黄金色《こがねいろ》の馬に乗って彼ににじり寄り、言う。どう思う?

わかんねえ。俺たちから隠れてるんだろうな。隠れようとしてるんだ。

通り過ぎたのかしら?

いや。そのあたりにいるよ。どこかにな。汽車のヘッドライトで一時的に見えなくなっていた彼の目が闇に慣れてきたので、彼は荒涼とした風景に目を凝らし、どこかおかしなところはないかと探す。あれほど大きなものを隠せる場所がないかどうか。セージの黒い藪、雑木林、露出した白っぽい岩しか見えない。

あの廃坑になった銀山はどう?

銀山?

あそこよ。向こうの丘《ビュート》のこちら側にある小さな裂け目。黒い穴が見える? あれは深いし、中には線路があるから、それを使えるわ。

彼は頷く。ほかにはなさそうだな。彼はごま塩鬚の老人のほうを向く。老人、あんたはここにとどまって、線路がどっかに逃げないか見張っててくれ。ほかの連中は俺と一緒に来い。

平らな広い砂漠を銀山まで行くのは、速足でもかなりかかる距離だが、彼らはじきにたどり着く。いや、まったく時間をかけずにと言ってもいい。これから走らねばならぬ距離を見つめているうちに、銀山の入り口に着いていたように思えるのだ。汗をかき、口から泡を吹く馬に乗りながら、彼らは次にどう動くかを考えることになる。

間違いなく汽車は下にいるよ、と男たちの一人が言う。あえいでいる音がすらぁ。

じゃあ、これからどうするんだ？　そう言ったのは銃をやたら撃ちたがるせむし男だ。いまはメタルフレームの眼鏡を丸く膨らんだ鼻に掛けていて、それぞれのレンズに映った星が瞳孔のように見える。

まあ、ほかにできることはなさそうだな。汽車はその穴を降りてったんだから。それを強盗したいんなら、俺たちも入ってかなきゃならん。

ああ、わかった。そうなんだろうな。彼はごつごつした手を顎鬚の中に突っ込み、根元を引っ掻きながら、周囲にいる男たちを見渡す。誰かが降りていかないといけないぜ。

ギャングたちはあたりを行き来しつつ、闇の中で彼をむっつりと見つめる。沈黙が長く続き、それが破られるのは蒸気を吐き出す音が地中奥深くから聞こえるときだけだ。わかったよ、と彼はついに言う。ただし、分け前はその分多くいただくぜ。唸り声が聞こえるが、ベルが制する。もちろんそうよ。それがフェアだわ。

彼が坑道に雌馬を導くと、馬は後ろ足で立ち上がり、それ以上進もうとしない。彼は雌馬を降りなければならなくなる（歩いて穴に入ったほうがいい――そう彼は自分に言い聞かせる――汽車が中から突進して来たとき、そのほうが避けやすい）。それから彼は雌馬をトンネルの黒い口の前まで進ませ、雌馬の体を穴に向かって縦にして、自分の進路を守るようにする。馬は訴えかけるように鼻を鳴らし、鼻を彼のシカ皮のシャツになすりつける。彼は後退せざるを得なくなり、雌馬の背の隆起に腕を回して体を安定させ、馬の耳に囁きかける。下に向けた馬の耳が彼の鼻の前でピクピク動き、ハエを払うかのようだ。大丈夫、この下には何もいやしない。老馬が迷い込んだだけさ。それにな、わかるだろ、ほかにやりようがないんだ。

☆　☆　☆

インクのように真っ黒な坑道へと、彼は打ちひしがれた馬を押していく。自分でも何だかわからない義務、言葉にされない義務に取り憑かれたかのように、闇雲に手探りで進む。そのとき、ずっと昔のことを思い出す。彼はスタッドポーカーで女を勝ち取ったことがあった。先ほどベルが歌っていたような賭け事の一つだ。こういう女についてみながよく言うように、彼女は大草原の妖精《ニンフ》で、その魅力で多くの男たちを死に至らしめていた。だから彼女の首には賞金がかかっていて、賞金稼ぎたちが彼女を追っていたのだ。実のところ、その当時は彼自身も賞金稼ぎで、彼が勝ち取ったのは百ドルだった。彼の問題は次の交易所までどうやって彼女を連れて行き、ライバルの賞金稼ぎたちが追いつく前に彼女を現金にするか。そこで彼女をその場で殺して死体を引きずって行くのではなく、無事に集金するまでは生かしておいたほうがいいと考えた。それは失敗だった。彼女の評判を知らなかったわけではないのだから、分別を働かせるべきだったのだ。しかし、当時の彼は若くて無謀だった（というと、いまは賢くなったかのようだが、だったらこんなところにいないだろう）。しかも、プロの大草原の妖精《ニンフ》たちが使う魔術に不案内だった。彼女はある古代の男根愛撫術を通して人々に魔術をかけると言われており、そのため彼は用心してホルスターを股に紐で縛りつけ、パンツを一枚余計に後ろ前にはいた。それから彼女に猿ぐつわをはめ、両手を背中で縛った。もちろん、そうなると彼は彼女に食事を与え、下の世話もしてやらないといけなくなる。その仕事を通して、彼は彼女の魔力に別の面があることを知り、とりわけ彼女の目の力に気づかされた。彼から一瞬たりとも視線を外さない瞳。混血であるために野性味を含んだ視線なのだが、表面上は純粋さと本性の善性を感じさせる凝視なので、最後に彼はそれしか目に入らなくなり、彼女の言いなりになってしまった。したがって彼女は縄を解かれ、彼に対して殺人的な技を行使することになる。それに続く日々はぼやけ、際限のない「現在」となった。生命のエッセンスが自分からこぼれ落ちて行くように感じ、時間の感覚がすべてなくなった。続いて場所の感覚も。風景さえも変わり、バラ色の輝きを帯びたかのようで、最後に彼はその輝きしか見えなくなった。彼の喜びの激しさは苦痛でもあったが、それが世界のでっぱりや窪みや曲線を溶かし、世界は単一の脈動する赤い表面と化して彼を取り囲んだ。彼がいま手探りで歩くトンネルと同じだ。それ自体が赤く、脈打っている。とはいえ、あのとき間違いなくそうであったように、その脈動は彼自身のものにすぎないのかもしれず、赤い色も幻想かもしれない。坑道の完璧な闇が彼の目に投げかけた幻想。あるいは、本当の幻想はときたま起こるのであり、彼は魔術にかかったままなのだろうか？　地球の腹の中へと無力に降りていくのは、狡猾な妖精《ニンフ》の芝居がかった告別の仕方なのだろうか？　おそらくそうだろうが、彼はその続きを覚えているように思う。若さと意志の力でどうにか彼女の暗い魔力から逃れ、立てないほどに弱ってはいたが、もう一度彼女を縛りつけて目隠しもした。そして町を探し回り、魔術を解いてもらえそうな牧師をすぐに見つけた。そうですねえ、と牧師は疲れた黄色い目で彼女をじろじろ見ながら言った。この女性を川に連れて行って、洗礼を受けさせることはできますよ。そうかい、牧師さん？　ちょっと優しすぎるようだが。すると牧師は陰気そうで薄っぺらな笑みを浮かべて言った。私の洗礼の施し方は、それがうまく効かなければば埋葬してしまえ、なんですよ。そこで彼は女を牧師に預け、生来の活力をいくらかでも取り戻そうと、道を渡ったところにある酒場に行った。酒場では数人の男たちが寄ってきて、彼の奢《おご》りを喜んで受け、彼が引っ張ってきた情婦のことを訊ねた。皮を剝ぐために捕まえたヤマネコみたいに縛りつけてたじゃねえか、と。そこで彼は気楽に彼女のことを話した。彼らは武器を持っていなかったし、ボトルに残っているウィスキー以上には野心がなさそうだったからだ。じゃあ、あんたはあの向かいのうるせえゴスペル野郎に女を預けたってわけか？　ああ、そうしたよ。川に体を浸してお祈りすれば魔術が解けると思うって言うんでな。相棒、あんたは百ドルを取り損ねたよ。あの野郎、日曜日にはアーメンってまくし立て、説教壇をバンバン叩いているかもしれんが、それ以外の日にはこの準州でいちばん荒っぽい凄腕賞金稼ぎなんだ。彼は座ったままこのありがたくない情報を嚙みしめ、心がまた千々に乱れたが、まだ四肢をきちんと動かすことはできなかった。じゃあ、教えてくれ、と彼は言った。今日は何曜日だ？　わからねえ。ただ、あのゴスペル屋がそう言わなかったんなら、日曜日じゃねえな。片足をもう片方の足の前に出すのはまだ一苦労だったが、彼はライフルを摑んで牧師を探しに出た。そして牧師が裸にされ、骨と皮ばかりに中身を吸い取られた姿で、顔を下にして川を流されていくのを目撃した。大草原の妖精《ニンフ》には二度と出会わなかったが、彼女から完全に逃れられたかどうかは定かではない。

彼女のおかげで彼は自分の歩いている世界、周囲の世界について疑いばかり抱くようになったのだ。何が本物で、何が彼女の呼び起こしたものなのか。

突如、汽車がごく近くで咳のような音を出したので、彼はビクッとする。トンネルの輝く壁に体をぴったりとつけて身構えるが、そのあとに続くのはまた沈黙だ。彼はまた少しずつ慎重に前に進み、そのときふとこんな考えが頭に浮かぶ（赤い壁を見て思いついたのだ——そう、この壁は幻想ではない）。汽車が音を立てて現われ、彼を轢《ひ》き殺すのではないかという恐れは根拠のないものだ。というのも、もちろん汽車はこの場所に先頭の排障器から入っていったのであり、ここで方向転換はできない。この赤い光は車掌室のランタンによるものである。下降していく曲がり角を曲がっていくと、そのランタンが見えてくる。坑道の奥で身動きが取れなくなった蒸気機関車があえぐたびに、かすかに左右に揺れている。次第に狭くなっていくトンネルに先端が埋もれ、機関車は縮こまっている。鞭で打たれた子犬がブーツのなかに隠れようとしているかのようだ。

おやおや、と彼は言う。ここはなんていう停車場だ？

汽車は怒ったように蒸気を吐き出し、汽笛をピーピーいわせ、鐘をガチャガチャ打ち鳴らす。しかし、どれも虚《むな》しいからいばりだ。

彼は汽車が静まるのを待ち、それから言う。ここから出る手段は一つしかない。おまえが入ってきた穴を引き返し、尻尾から出るってことだ。すべて登り坂でスピードは出せない。出口では札付きの悪党どもが待っていて、おまえが出て来た途端にバラバラに解体してやろうって、手ぐすねを引いている。だからおまえにできる最善の策は、ここで持ち物をすべて吐き出し、俺たちと争わないってことだな。

もう一度汽笛の叫び声があがり、蒸気がブシューッと吹き、連結器がガシャガシャと音を立てる。車掌室の端に掛かっているランタンはフックのところで激しく飛び跳ね、地獄のようなトンネルのあちこちに弾む影を投げかけるが、汽車は自分の負けを知っている。最後に派手な痙攣《けいれん》で全身を震わせると、車両たちは敗戦の屈辱にうなだれ、互いに悲し気に車体をぶつけ合う。車掌室のランタンは揺れるのをやめ、落胆してだらりと垂れ下がる。

やつらがおまえを傷つけないように注意するよ、と彼は言い、汽車は卑屈にひれ伏して大きく溜め息をつくと、その中身を次々に吐き出していく。すべてが吐き出されると、彼は汽車を導いて坑道を引き返す。汽車の鋼鉄の動輪や車輪は自らを憐れむかのように唸っている。何週間も中にいたように感じるが、おそらくそれほど長くなかったのだろう。ところが外に出てみると、昼の太陽が燦々《さんさん》と輝いている。仲間たちは馬に乗ったまま、彼を見送ったときと同じ状態で待っている。真っ先に出入り口で出迎えたのは黒い雌馬だ。切なげないなきをあげ、彼の胸に鼻を擦りつける。汽車は逃がしてやってくれ、と彼は言う。あれにはもう用がない。荷物はすべて吐き出したからな。行って、好きなものを取れ！

ヒャッホー！　男たちは叫び、鞍から飛び降りる。そして汽車がポッポと陰気な音を立てつつ後ろ向きに出て来るやいなや、彼らは坑道を走って降りていく。最初に戦利品にありつくのは自分だとばかり、ピストルを撃ちながら競争する。真っ暗なトンネルからブーツのガタガタ鳴る音が彼の耳に聞こえてくる。ときどき弾丸が壁に跳ねる音、男たちが壁に体を叩きつけ合う音、坑道を転がり落ちる音などもする。悪党どもの女王はまだ馬に座っている――陽光の下で見ると、彼女の黄金色の馬は汚れていて、ふけのようなものがちらばり、どちらかと言うと乾いた牛糞のような色をしている。彼女は仮面を取ると、あんたに知らせがあるのよ、と言う。

その知らせを彼女が口にする前に、彼らの会話は坑内奥深くからの激しい爆発音に遮られる。トンネルの出入り口からは気味の悪い汚水の雨が噴き出してくる。彼は怒りに駆られて振り向き、脱出してくる汽車に向かって空しくライフルの弾丸を浴びせる。汽車はいまや赤いランタンをぶら下げた車掌室だけとなり、嘲《あざけ》るように揺れながら、陽光で白っぽくなった平原を走っていく。彼は雌馬に飛び乗り、あとを追おうとするが、ベルに阻止される。

ちょっと、カウボーイさん、と彼女は手綱を摑んで言う。逃がしてやんなさい。どっちにしても、あの悪党どもはもういらないんだから。本当の馬泥棒が捕まってね、あんたは許されたの。自由なのよ。彼は鞍にゆったりと座り直し、この思いがけない知らせを受け止める。自由。その音が新鮮な風のように彼のなかでシューッと鳴る。彼は伸びをし、まわりの大地が広がっていくように思える。はるか彼方、おとりの汽車が消えていったあたりの上空で、一羽の鷹が召喚状のように旋回している。優雅な環や渦巻きで、石板のように灰色がかった青空に文字を描く。この町を立ち去る潮時だ、と。逃亡中の無法者であったときでさえ、彼は町に捕らわれていたが、もはやそうではない。彼は仮面を脱ぎ捨て、広がっていく地平線のほうを横目に見る。そのすべてが視界から消えていく前に、何か目指すところがそこにないかと探す。あんた、また保安官になればいいわよ。私とあんたでね、あの評判の悪い町をきれいにしましょう。

保安官って仕事はあまり好きになれねえんだ。俺は旅に出るとするよ。女性歌手《シャンテューズ》は――そう、彼女は歌手に戻っていた――それを聞いて悲しそうな顔をするが、驚きはしない。彼がそういう男だというのは百も承知だ。それで、誰が犯人だって言うんだ？

まあ、信じられないでしょうけど、女教師なのよ。あの馬に乗って町にやって来たの。いけしゃあしゃあとね。

何だって？　でも、俺が彼女にあの馬をやったんだ。あの女がどうやって馬を手に入れたかはどうでもいいの。あの馬に乗ってたってだけで悪いのよ。やつらはあの女の殊勝ぶった尻をさんざん叩いて、尋問も何もしなかった。それで終わり。明日の正午に女は首を吊られるわ。いい厄介払いよね。

鷹は空からいなくなり、石板は消されて空白になっている。地平線は彼に向かって少し縮まったが、彼の旅立ちを促すためか阻むためかは定かでない。風はかつて吹いたことがあったのだとしても、いまは静まっている。彼の雌馬は苛立《いらだ》たし気にいななき、地面を引っかく。彼は馬の首を撫でる。保安官の仕事が空いてるって言ったのか？

あんたは地平線に向かって走って行くんだと思ったわ。

まだその時期じゃないようだ。どっちにしろ、まだここを去るわけにはいかない。

そうこなくっちゃ、あんた。わかってたわ、あんたは私からは離れられないって。いらっしゃい！　ベルベットとシルクのガウン、まだ持ってるよ。ボタンがいっぱいついていて、染みなんて一つもないわ。さあ、行きましょう！

☆　☆　☆

わかるかしら、私が嫌になるのはね、と女性歌手《シャンテューズ》が町を見下ろしながら言う。平行な線が町の縦横にきちんと走っているさまは、ここがちゃんとした場所であることを確信させるためであるかのようだ。こんな何もないところのど真ん中に、染みみたいに町があるっていうのが、すごく悲しくなるってこと。それに、見事よね。

というより、奇妙かな、と彼は言う。二人は町を見下ろす崖の上にたどり着いた。これまで気づいていなかった丘である。下では誰も動いてないようだな。

だって、高いところにいるから見えないのよ。

そこまで高くないさ。酒場の看板は読めるし、窓に掛かっているカーテンも見える。きれいな風景じゃない？　彼女は手を伸ばし、シカ皮のズボンをはいた彼の腿を摑む。

彼には絞首台も見える。町のほかの部分と同じように、いまのところ誰もそこにはいない。ここに来るまでに一日経ってしまい、手遅れになるのではないかと恐れていたので、これにはホッとする。もちろん、さらに一日経ってしまったのなら別だが。私のサテンのシーツに潜《もぐ》り込むのが待ちきれないわ。彼女は溜め息をつき、彼の脚を切なげにギュッと摑む。荒っぽい生活を送るのは、私の女としての本性に合わないのよ。

ベル、と彼は言う。おまえに話しておきたいことがあるんだ。

一つだけ条件があるのよ、ダーリン。あの憎らしい馬とベッドをともにする気はないわ。

ああ、大したことじゃない。そんな必要はないさ。

そうよね。でも、あれを見て！

下の町の街路が小さな人影でいっぱいになっている。行くあてもなく走り回るさまは、巣をつつかれた蟻たちのようだ。彼らは建物から出たり入ったりし、道を横切り、屋根や窓から落ち、回り、転がり、つまずいているが、それはすべて昼間の静けさの中で起きている。彼らは互いに撃ち合っているのだと彼は気づく。そうだ、閃光や煙が見えるようになった。そして音も届いてくる。糸につなげた爆竹が爆発していくように、途切れ途切れにポンポンと鳴る音。

町の無法者が保安官のようね、と女性歌手《シャンテューズ》が言う。牧師を撃ったのでなければいいけど。

死体が引きずられていったり、ハゲタカに運び去られたりしている。人影も消えるが、銃声はしばらく続いてから消える。それから賭けトランプ《フェロー》のテーブルに置かれた賭け金のように、建物が位置を変えていく。銀行が酒場のあったところに移り、酒場が教会に取って代わり、教会は町の中心に滑って行って馬小屋の隣りに収まり、雑貨屋の両脇にある損害賠償調査事務所と刑務所は互いに場所を変え、などなど。しまいに町の配置全体がリセットされる。街路は人影なく、前と同じ沈黙が町を覆う。彼は何か生命の宿るものを見たように感じるが、それが何なのかはわからないし、そのことだけに心を集中させていられない。ある人物に関する不吉な予感、彼女が陥っている危機に心が占められているためだ。牧師のことなんか心配するな、ベル、と彼は言う。俺はここには留まらない。俺が面倒を見なきゃならんことがあるが、それが片づいたらまた旅に出るさ。

突然、下の街路にまた人々が現われ、前と同じように走り回り、転がり、倒れたりしている。町の埃っぽい銘板に自分たちの哀れな運命を書き込んでいるようなものだ。そのあとすぐにまた途切れがちな銃声が始まり、砂漠の空気をトントンと揺さぶる。彼は自分がやらねばならないことをどのように成し遂げたらいいのかわからなかったが、最も簡単で大胆なやり方は、下の町に雌馬で乗り込むことだろう。そして彼女を救い出し、馬に乗せ、そのまま逃げる。おそらくそれが彼のやること、あるいはやろうとすることなのだろう。彼女が彼にそれをやらせてくれるのなら。彼女には筋の通った気性の激しさがあり、それが友好的な意図の妨げになることがある。彼は争いになることを想像し、唇が思わず引きつって笑顔のような表情になる。あの女が持っているものなんて、あたしはみんなその二倍持ってるわ。そうでしょ？　そう女性歌手《シャンテューズ》が険しい声で冷淡に訊ねる。

彼は唇をギュッと結ぶ。ポーカーの大詰めで手の内を見られたかのような気分になる。そうじゃねえんだ。下の小さな人影たちは退き、街路がまた空っぽになって、建物がもう一度動き始める。まるでパズルを解くかのようだ。ただ、あの女は馬泥棒じゃねえ。なのにあいつを死なせるわけにはいかない。

ふうん、とベルは戻ってきた静けさの中で言う。房飾りのついたソンブレロは肩のあたりまで傾き、オレンジ色の髪は陽光の下で輝いて、頭全体が燃えているかのようだ。あの小うるさい女、柵柱のように醜いし、愛想のよさは死んだ猫並みだね。脚を開いて馬に座ることもできやしない。縛り首にされるのがあたしだったら、あんたはとっくの昔にずらかってたんだろう、ハンサムさん？

あいつは特別なんだよ、ベル。彼は最初に彼女を見たときのことを覚えている。校舎の窓から顔を出している姿。彼女の黒髪はしっかりと巻かれ、束ねられていた。とても色が白く、美しく、彼のことをじっと見つめていたので、まるでその視線だけで彼に何かを伝えようとしているかのようだった。宇宙の法則と、人間の心に宿る悪の精をなだめる方法について。彼女は親切で洗練され、天使のように純粋だった。邪悪なことなど思いつきもしないのだ。

クソくらえだわ。あれは取り澄ました売女《ばいた》よ。洗練された天使の尻からコーンパイプが突き出てるわ。あの女の偉そうな話し方、本で知ったことをひけらかすところが我慢ならないの。そもそも、ああいう女がここで何をしているわけ？　女性歌手《シャンテューズ》は言葉を止めて、息を整える。怒りであえぐような息遣いになっている。彼は彼女の表情を見て、彼に撃たれる寸前のムスタングの顔を思い出す。忘れるんじゃないよ、カウボーイ。あんたは約束したんだからね。

彼は溜め息をつく。想像していたように事が運んでいない。彼はベルが助けてくれるのではないかとさえ考えていたのだ。あの約束に証人はいないぜ、ベル。

いない？　あそこにどれだけの人がいると思ってるの？

人々はまた街路を走り回っている。帽子をかぶり、スナップ式の革ズボン《チャップス》をはいて、互いに撃ち合ったり、物陰に飛び込んで身を隠したり、高いところに登っては落ちたりしている。毛むくじゃらのハゲタカたちがいつものように頭上を漂う。賭博テーブルの補佐である禿げた黒衣の男が賭けの進行を見守り、儲けを集めようと身構えているかのようだ。遠くのポンポンという銃声が高まるにつれ、興奮は鎮まっていき、街路はまた空っぽになって、再び完全に静まり返る。わかんねえな、と彼は言う。小さな建物たちがまた位置を変え、絞首台のまわりに集まる。かなりの人数だろうな。やつらはおとなしくしてないから、数えらんねえよ。

まあ、どれだけの人数だとしてもね、あんた、私にはあれだけの証人がいるのよ。

下の町の街路はまた以前のように空っぽで静まり返っている。そして真昼の太陽で熱く輝いている。そこに真っ黒な馬にまたがった一人ぼっちのカウボーイが入ってくる。全身真っ黒な服に銀の拍車、腰に六連発銃、耳に金の耳輪をつけている。彼だ。使命を帯びた男。女性歌手《シャンテューズ》は怒り、彼に愛想を尽かして立ち去った。あるいは、立ち去ったように見える。彼にはどうしようもない。そして彼はここにいる。つばの広いソフト帽の縁の下から注意深く目を凝らし、見られているのを感じる。窓と屋根、置いてある物の隅。厄介事になるのを予期している。雌馬も苛立っているようだ。そわそわと首を振りながら馬銜を噛む。まあ、こいつは無法者の馬だからな。犯罪に絡んだ用事以外でこの町に蹄を踏み入れたことはないんだろう。そわそわするだけの理由があるんだ。

町の中心部、酒場の真向かいに、片耳のない太鼓腹の混血男《メスティーソ》と背の高いやぶにらみの男がいる。やぶにらみの男は垂れ下がった天神髭をたくわえ、禿げ頭に髪の毛の入れ墨を入れている。二人は首に縄を巻いたヤギを使って絞首台のはねぶたを試しているが、見たところこれが初めてではなさそうだ。よお、保安官！　髪の毛の入れ墨を入れた男が、ヤギを位置につかせようと引っ張りながら呼びかけてくる。絞首刑はどうなってる？

彼は二人に向かって頷き、ぐったりとしたギョロ目のヤギが落ちていくのを見る。それから用心深く雌馬を刑務所のほうへと歩かせる。彼はまた保安官となったのだ。そう、銀のバッジをつけている。穴の開いたバッジだ。招いてくる地平線に背を向け、町に再び向かっていたとき、胸のあたりを鋭く引っ張られる感じがしていたのはこのためなのだ。黒いシャツの上で、バッジはこれまでにまったくなかったほどの輝きを見せている。

刑務所のドアの外側にはポスターが貼ってあり、翌日の正午に絞首刑があることを告知している。そこに描かれた女教師の似顔絵は見る者すべてを厳しい顔で見つめ返しており、彼はその凝視の激しさに動揺する。純粋で穏やかな無垢さ、正直さ。彼は自分がそれに心を奪われたことを意識する。

彼は横木に雌馬をつなぐ。雌馬は怯えて目を丸くし、あとずさってつなぎ縄を引っ張るが、彼としては次にしなければならないことのために馬が必要だ。鞍頭からライフル銃を外すと、穏やかな声で言う。すぐに戻るさ。そうしたら全速力で逃げるからな。彼は雌馬の汗ばんだ首を撫で、なだめようとする。それからどんなことにも立ち向かう覚悟で刑務所に入っていく。

しかし刑務所は空っぽだ。片目に眼帯をした老いぼれ以外、誰もいない。この老人はみすぼらしい赤の肌着に保安官代理のバッジをつけ、木製の回転椅子にぐったりと座っている。灰色の顎鬚を貫くように深い傷が走り、そこから噛み煙草の汁がしたたっている。目は飲酒のために真っ赤だ。やあ、保安官、と老人は間延びした声で言い、立ち上がろうとする。帰ってきてくれてありがたいよ。ちょうど悪党の馬泥棒を縛り首にするところだ。老人は声高に笑い、回転椅子に倒れ込むように座る。そしてウィスキーのボトルからグイッと一口飲み、彼にも勧める。あんたの健康に乾杯！

女はどこだ？　と彼は言う。

囚人のことかい？　酒場に連れてかれたよ。喪服を脱がせて、縛り首の前に体を磨くって話だ。

酒場？

ああ、あそこで水と石鹸を用意して、たくさんの連中に手伝ってもらって、女をきれいにするんだと。そのあとでガチョウ脂〔訳註：ガチョウ脂は軟膏として使われるが、俗語では「膣液・愛液」の意味もある〕とスカンクのオイルを擦り込み、女を磨き上げるって計画だ。彼はすでにドア口まで来ている。こめかみのあたりがズキズキして、毒蛇に嚙まれたときよりも痛む。おい、ちょっと待てよ、保安官！

あそこにいるのは無法者の馬じゃないか？

かもな。あとで調べるよ。あんたはここにいて、ウィスキーのボトルを見張っててくれ。

そうするよ。

雌馬は目に狂気を漂わせて口から泡を吹き、つなぎ縄に前脚を掛けて立ち上がろうとしている。そこで彼は馬を放すことにする。見つからない場所で隠れてろ。彼はそう囁きながら縄を解いてやる。長くはかからない。逃げるときになったら口笛を吹くから。馬はためらい、地面を蹄で引っ掻きながら、小さな声でいななく。しかし彼が馬の尻をやさしく叩くと、肩越しに彼を振り返りつつ、刑務所の影にこっそりと隠れる。

彼が探している女は酒場にもいない。四人の男たちがトランプをし、二人がカウンターに座っているだけで、店は静まり返っている。床の真ん中に石鹸水を入れたバケツが置かれ、そのまわりに水たまりがある。レース状の黒い布が引き裂かれ、バケツの口から垂れ下がっている。カウンターの男たちは笑いながらバケツを指さしている。あるいは、その横にある毛づくろいのブラシを指さしている。取っ手が長く、濡れたブラシだ。いまいましいせむし野郎め！　男の一人がはやし立てるように言う。

やあ、保安官。バーテンダーがニヤリと笑う。眠そうな黒い目をした混血の男で、鼻が半分欠けている。お帰りなさい。どのウィスキーにします？

トランプのテーブルでは口論が始まり、革から解き放たれた鉄がきらめいて、銃声が響き渡る。髪がもじゃもじゃで、背の高い痩せた男が顎のほとんどを失い、それ以外のほとんども失って、すごい勢いで壁に叩きつけられる。そして血まみれの塊となって床に滑り落ちる。保安官さんの椅子ができたようですよ、と銃を撃った小柄な男が言う。眼鏡をかけた痩せ男。彼は煙を立てているデリンジャーを黒いブロードクロスのコートの中に戻す。お座りなさい。で、悪魔の祈禱書〔訳註：トランプを意味する「悪魔の絵本」をひと捻りして使っている〕をお読みになったらどうですか。

俺は賭け事は好きじゃない。囚人はどうしたんだ?

あの極悪人の馬泥棒ですか? ほう、わかりません。男は真鍮の痰壷めがけて噛み煙草の茶色い汁を大量に飛ばし、壺にバシャッと当たって、丸底の壺はギャンブル用の独楽《こま》のようにカタカタと揺れる。お清めのために医者んとこに行ったんじゃないかな。外見だけじゃなく、中身もきれいにするんですよ。でも、ここでたっぷり洗ったから、必要かどうかはわかりませんけどね。

ほかの者たちは鼻を鳴らし、ほうほうとはやし立てる。いや、医者はもう彼女を見たと思いますよ、とバーテンダーが言う。煙草の染みのついた歯と歯の隙間に楊枝が刺さっている。ちょっと前に、指の匂いを嗅ぎながらここに来ましたからね。

それじゃあ、たぶん校舎に吊るされてるんだろう。そう別の者が笑って言う。尻を引っぱたくためにね。

それが馬泥棒とどういう関係があるんだ?

ありませんよ。ただの娯楽です。あのあばずれに少しお仕置してやるってだけですよ。

男たちはまた一斉に笑い、カウンターやテーブルを叩く。

彼はスイングドアを押して外に出る。耳と目で血がドクドクと音を立てている。医者がどこに住んでいたか思い出せない——もし知っていたことがあったならだが——そこで彼は学校に向かう。途中、家畜用飼料店の裏の作業場からバンバンという音が聞こえてくる。痩せこけて髭ぼうぼうの大工が松材の棺桶を急いで作っているのだ。やあ、保安官、と大工は言い、棺桶をその台に持ち上げる。蓋を作ろうとしていたとこなんですよ。棺桶の内部の底には体を伸ばした人間の形が大雑把に描かれており、間違いなくそこに寝そべった人の輪郭をなぞったものである。絞首刑のポスターの一枚から顔の部分を切り取り、顔の輪郭の部分に貼ってある。左右の乳首が来るはずのところには釘が打ちつけてあり、腕は肘のところまでしかないが（おそらく釘と釘のあいだで手を組んだのだろう）、両脚は付け根から足先まで描かれている。あの女にぴったり合うと思うんですが、どうですか？

こいつは燃やしたほうがいいぜ。

学校も彼が覚えていた場所にはなく、彼はその近くの衣類と金物の雑貨店に行き着く。そこで店に立ち寄り、女を見たかどうか訊くことにする。

保安官！　どこにいたんですか？　と店主は叫ぶ。丸い体のがに股の男で、黒髪のかつらをつけ、つぶれた鼻が赤い顔にめり込んでいるように見える。あんたがいなくなってから悪党どもが押し寄せて来て、とんでもない目にあいましたよ！　うちの店にやつらが何をしたか見てください！　窓に銃弾を撃ち込み、店員を殺し、最高の商品を盗み、ほかの商品には血と馬糞をかけたんです！　どうにかしてください！　正直な市民が守ってもらえないんなら、何のための保安官ですか！

その問いに対する明快な答えは俺にはないな、と彼は言い、太った店主の丸い目を冷ややかに見つめる。いま俺は行方不明の囚人を見つけようとしてるんだ。

何ですって？　あの大尻の女悪党ですか？　あんなの並みの悪党ですよ。それに行方不明じゃありません。あんたの手下どもがちょっと前に女を連れて来て、うちの鞭と斧をすべて取っていきましたよ。女はこれからすごい見世物になるんですな。みんなは馬小屋に向かったと思いますよ。ええ、犯罪の現場ですね。彼は立ち去ろうと背を向けるが、店主は彼の肘を摑み、赤くて丸い顔にみだらな笑みを浮かべる。お伝えしたいことがあるんですよ、保安官。女が連れて来られたときのことですけど、私は見たこともないものを見ました。店主は肩越しに片目を背後に向け、もう片方の目を閉じて、彼のほうに身を傾ける。店主の発酵したような冷たい呼気は腐敗と黴《かび》の悪臭に満ちている。あの女――ハッ！　店主は彼の耳元で忍び笑いをする。泣いてたんですよ！

彼は店主の脂っこい手を振りほどき、ドアから出て木製のベランダに立つ。真昼の静けさのなかで彼の拍車だけがガチャガチャと鳴る。彼はそこで足を止め、埃っぽい町を見つめる。どこにも男たちの気配はない。どこにいてもおかしくない。鍛冶屋の小屋でぼんやりとした影が動いているが、たぶん彼の馬が歩き回っているのだろう。刑務所に戻り、男たちを待つべきだ。しかし、そのとき白い教会の尖塔が彼を手招きする。彼女は自分に聖書をくれたことがあった。彼はそれを思い出す。彼女が行きたがれば、男たちは遅かれ早かれ教会に連れて行かないわけにいかないだろう。そして、彼女は必ず行きたがる。そういう法律があったはずだ。

☆　☆　☆

教会のドアを入ると、町の牧師に出迎えられる。あるいは、初めて会う牧師か。聖書が置かれた木製のテーブルの背後に、黒いフロックコートを着て立っている。象牙のサイコロが二つ（その脇にテント形に立てたカードには〝おだぶつになる前に悔い改めよ!〟とある）、ピストル、そして献金皿がある。御機嫌よう、保安官さん、と彼はシルクハットの縁を触りながら言う。背が高く、金歯を剝き出しにした醜い男である。帽子の下からは脂ぎった髪がくねくねとうねり、いかにも酒飲みっぽい丸鼻の上にメタルフレームの眼鏡が載っている。その二つのレンズは砂金を計る天秤の皿のようだ。全能の神の屋敷にようこそ。ちょうど夕べの祈りの時間です。

俺はお祈りのために来たんじゃねえ。行方不明の囚人を探してるんだ。

馬泥棒の淫売女のこってすか？　行方不明なんですか？　牧師の後ろには革製の垂れ幕があり、彼の視線を妨げているが、教会に来た連中が中で騒いでいる声は聞こえてくる。敬虔ぶった声でほうほうとはやし立て、叫ぶ。まあ、彼女もあそこにいるかもしれませんね。罪人がすべて集いますから。

ありがとう、牧師さん、と言って彼は前に進もうとするが、牧師が彼の肘を摑む。撃鉄を起こしたピストルが彼の耳に向けられる。待ってください、兄弟。金を払わない者は通れないんですよ。

言ったただろ。俺は説教を聞きにここに来たんじゃない。保安官としての仕事があるんだ。関係ありませんよ。献金皿にいくらかでも入れてくれなければ、通すわけにはいきません。

金はない、と彼はきっぱりと言い、銃身をじっと見つめる。そして俺は中に入る。

金である必要はありません、と牧師は言う。ピストルは彼の頭に突きつけたままだが、肘を摑んでいた手を放し、聖職者のカラーを引っ張って、喉仏が自由に動く余地を作る。そのかっこいいブーツでもいいですよ。

ダメだ、このブーツを手放すわけにはいかない。彼がこのまま進み続けたら、牧師は背中を撃つだろうか？　やりかねない。

じゃあ、ビーズで飾り立てた黒髪の頭皮はどうですか？

彼は躊躇する。自分がそれを身につけていたことも知らなかった。おそらく幸運のためだろう。ウサギの脚と同じだ。しかし、彼は迷信を信じる男ではない。それにあまりいい匂いがしない。いいだろう、と彼は言い、ボウイナイフで頭皮をガンベルトから切り離して献金皿に放り投げる。頭皮は皿の上でもがき、身をくねらせるが、それから死んだ甲虫のように丸くなる。

では、あなたのブーツは博打でいただくことにしましょうか。あなたにその気があればですが。牧師は晴れやかに笑い、サイコロを拾い上げて、節くれだった汚い手の中でカラカラいわせる。しかし彼は牧師の脇を通り過ぎ、垂れ幕をくぐって、小さな一室のみの教会に入っていく。牧師は彼の後ろから声をかける。あの洟垂《はなた》れ極悪人をあなたが見つけられるよう、神に祈りますよ、保安官さん！　最後の最後で逃げられて、みんなで嘆きたくはないですからね！

板張りの部屋のなか、煤《すす》で黒くなった梁から覆いをつけたガス灯が下がっている。空気は煙で曇り、入浴していない体の饐《す》えた匂いと、吐き気を催すような安ウィスキーのムッとくる匂いがする――すでに飲まれた酒、まだ飲まれていない酒、腹から逆流した酒などだ。ウィスキーは会衆席の背に付けられた板から聖餐のように提供されている。濃い煙のなかで、安っぽい音のアクセサリーのように漂うのは、さまざまな儀式の音――痰壺が鳴る音、サイコロ賭博のテーブルにサイコロが落ちる音、硬貨がチャリンと鳴る音、トランプがそっと置かれる音、ルーレット盤やスロットマシンのカチカチッとかピンッとかいった音、ルーレットの球がカタカタと転がる音。そして大金を賭けた者たちの熱っぽい叫び声に入り混じり、感情を思い切り吐き出したような罵り言葉やグラスが割れる音、銃声などが聞こえる。皆さん、賭けたかな？　と誰かが叫び、ほかの者たちが応える。神様、お手柔らかに！　教会のどこか、煙と騒音の奥から、酒場の女性歌手《シャンテューズ》の歌声が聞こえてくる。一メートル近いペニスを持つ超人めいた男が縛り首になり、天国に旅立ったという歌。彼女の声は濃密な大気によってくぐもっている。壁には汗染みのある帽子が並んでフックに掛けられており、その上には唾を吐くことや公正な取り引きに関して教え諭すような文章が書かれている。さらに首を斬られた動物の頭が並び、何も映していない銀縁の埃っぽい鏡、死んだ悪党どもやお祈りポーズの裸の女性などの宗教画が掛けられている。しかし彼が探している女の気配といえば、明日の絞首刑を告知するポスターの一枚が賭けトランプ《フェロー》のテーブルに貼られているだけだ。その似顔絵には猥褻《わいせつ》な加筆修正がなされている。**虎に逆らえ**〔訳註：賭けトランプの別名。ここで「虎」はカードを指す〕と書かれ、どのようにそれをするかが幼稚な絵で解説されている。

　彼は角を曲がり（部屋はだんだんと複雑になってきて、角ができている）、サイコロ賭博のテーブルに至る。そこにはおかしな形をしたサイコロが載っていて、サイコロというよりも指の関節の骨に似ているのだが、本当にそうなのかもしれない。座んなよ、保安官さん、俺の肘と握手してくれ、と歪んだ顎の男が言う。そのテーブルを仕切っている小柄なみすぼらしい男。灰褐色のボロ服を着て、バンダナを頭に巻いた、悪名高い極悪人だ。その浅黒い顔にはどことなく見覚えがある。骨折した腕を生皮の三角巾に吊るし、手には指がなく、ざらざらの頬にはできたばかりのミミズ腫れが走っている。馬の鞭で打たれるとできそうな傷跡だ。ここではもはや女性歌手《シャンテューズ》の歌声は聞こえない。その代わり、ルーレット盤の向こうで酔っ払いたちが一斉に歓声をあげており、その声がリズミカルに高まったり低くなったりする。なので彼女は奥のどこかにいるのだろう。いまここで会いたい相手ではない。さあ、転がしなよ、保安官さん。顎の歪んだ悪党はそう言うと、骨折した腕の先端を振る。そこの哀れなサイコロは俺の持ち物なんだ。俺の持ち物だった、だな。

　賭ける金がねえよ。だが、あんたとはどこかで会ったことがないかい？　使えるほうの手を使って、哀れな男は錆びて歪んだ保安官代理のバッジをひけらかす。汚いボロ服の中に隠してあったものだ。何だと？　俺の代理なのか？

以前な。だが、有り金なくしてさ、さらにルーレットの仕掛けでやばいことになった。このクソ野郎のために働かなきゃならなかったんだ。

じゃあ、囚人はどこだ？

俺たちも失ったんだよ。

失った――？

あそこにいる冷酷で二枚舌の詐欺師、この店を経営している大泥棒に取られたんだ。俺の肘をこんなにしたのもやつだよ。やつがイカサマをやったのを見つけて大声で指摘したら、骨を粉々にされた。彼はその男の姿を見る。燃えているガス灯の下、ブラックジャックのテーブルに向かって堂々と座っている。その傍らには巨大なルーレット盤がある。頭は大きくて禿げあがり、髭は生やしていない。白いスーツに襞飾りのついたシャツを着て、青いストリングタイを締め、金の飾りボタンをしている。両目にぴったりとした青いレンズの眼鏡をかけている。岩のようにひっそりと、目立たず座っており、平たい指で器用にカードを配る以外、何も動きがない。そこからリズミカルな歓声が聞こえてくるが、それは配られたカードに対する反応だろう。あの人非人が俺たちの持ち物すべてを奪ったんだ。囚人もそのときの取り引きで持っていかれたんだよ。

そんなことをしちゃいかん。彼女は賭け金じゃない。

わかってるよ。

やつは彼女に何をしたんだ？

それがな。彼の元代理は言いよどむ。いいことじゃねえな。男は落ち着かない様子で後ろにちらりと視線を向ける。あっちに行って、自分で見るのがいいよ。

彼の心にはぞっとするような冷気と、燃えるような憤りが同時に湧き起こる。正反対の激しい感情が突然湧き上がることで、気が狂うのではないかと感じる。しかし彼はしっかりと歯を食いしばり、心を落ち着ける。帽子を額の上にぎゅっとかぶり、両手を両脇にだらりと垂らして背筋を伸ばす。そしてうつむき加減に、規則的な歩調で、ブラックジャックのテーブルの太った赤ら顔の男のほうへと歩いていく。部屋がどこか広がったようにも、あるいは彼が歩いているうちに広がりつつあるようにも感じられる。そして新たな曲線や角ができ、それを迂回せねばならず、さらに突如として酔っ払ったギャンブラーたちの集団が現われ、彼らを突っ切らなければならなくなる。自分が歩き始めたときよりもブラックジャックのディーラーが遠ざかっていくように感じるときもあるが、それでも歩き続け、目に従うのではなく耳に従うようになっている（歓声や叫び声の方向に行くのだ）。すると、やがてブラックジャックのまわりに座る男たちに迫ってくる。こうした歓声を掻き立てているのが何か、その場にたどり着いて彼にはわかる。ゆっくりと回転するルーレット盤に女教師が大の字にはりつけになり、体がひっくり返るたびに黒いスカートが下がって、膝より上の部分が露わになるのだ。彼はそれを見ないように努めるが、彼自身も女教師のめくるめくような膝のリズミカルな上下運動——露わになったり隠れたり——に魅せられてしまう。この魔力が解けるのは、彼女が回転しながら彼をまっすぐに見据えていることに気づくときだ。怒りと屈辱、そして苦悩に満ちた訴えかけが混じったような視線。彼女の体がひっくり返り、歓声が最も高まるとき、その視線は最も魅惑的になる。そのとき彼女の目は、悲しみで垂れ下がったかのような眉毛で強調され、広がった鼻孔が額を激しく押し上げているように見える。上に行って露わになった膝は、苦々しい思いと非難の現われに見えなくもない。

　彼は自分が何をするのかもわからずに前に出る。しかしテーブルに着く前に、禿げ頭に髪の毛の入れ墨を入れた長身の男がみなを押しのけ、シカ皮の財布を放り投げて、その前に座る。絵札を配ってくれよ、このイカサマ野郎！　男は酔った勢いで威勢よく叫び、天神髭の先端をくるくると回す。彼はこの男を見たことがある。絞首台を点検していた男だ。ただし、あれから男は義足をするようになっている。男のパートナーである片耳のない混血《メスティーソ》男はいま熊の爪を鼻につけ、ヘッドバンドには羽を突き立てて、近くをぶらついている。ズボンの前を開け、大きく突き出した腹の下からパンツが見えている。俺と相棒であの回転するネエちゃんをモノにしたいんだ。おまえがイカサマやってるところは、どんなものであれ押さえたくないからな――こっそりアルコールを飲ませるとか、カードを並べ替えるとか、折り目や刻み目をつけるとかだ。イカサマ用の鏡も、イカサマ積み札も、引き抜いたカードなんかも見たくない。余分な札を使った奇跡や、グリースを塗った弾丸もごめんだ。わかったか？　だからペテン師野郎、イカサマのサイコロを振って、カードを配りやがれ。

ディーラーはこうした騒ぎにまったく関心を示さず、すべすべした柔らかい手で一組のトランプを握っている。宝石で飾り立てた手でトランプを持っている姿は、祈禱書を持つ賢人といったところ。何層にも脂肪がついた顎に禿げ頭が載っているさまは、凝固した牛乳がふんわり膨らんでいるかのようである。目はスカイブルーの眼鏡の背後に隠れていて、レンズが目に糊づけされているように見える。色つきのレンズは細工されたカードの裏を読むためのものだと彼にはわかる。磨いた指輪は手札を映すためのもので、ちくちくするポーカーリングもそのうちの一つ。そして男の袖とリンネルのベストに膨らみがあり、それを平らにしているのは、イカサマ用の器具を隠しているためだ。あまりに動きが小さいのではとんど見えないのだが、男がシャッフルし、カットして配るとき、少なくとも三組のトランプを使っているように見える。二組を交差させつつ、配るのは常に見えているカードの山の一番下からである。少なくとも、一番上からではない。

髪の毛の入れ墨を入れたやぶにらみの男は立ち上がり、義足で椅子を後ろに蹴り倒す。全会一致でこういう結論に達したぜ。おまえはイカサマをやってる。そう彼は叫ぶが、ディーラーは構わず男の革製の財布を投げ、戦利品の山の上に足す。それからもう一度シャッフルするためにカードの山を取り上げるが、その動きが実に滑らかなので、カードは白く柔らかい手の中に捉えられてもがく小動物のようだ。彼の背後では、女教師がルーレット盤に縛りつけられ、不気味な回転を繰り返している。ただし、禿げ頭の男がいま両足で――あるいは片足で――立ち上がっているので、リズミカルな歓声はやんでいる。

落ち着け、相棒、と混血男《メスティーソ》が言う。片手をズボンの中に突っ込み、ディーラーのいない方向に向けて、肩越しに唾を吐く。やつはすんげえ素早い、プロの詐欺師だぜ。やつを挑発するのは賢くない。

黙れ、この臆病な片目野郎、邪魔すんな！　と禿げ頭の男は叫ぶ。そして色眼鏡のディーラーの前に立ち、脚を少し広げて、義足のほうに体重を掛ける。肩をいからせ、肘を広げ、手はガンベルトから一インチほどのところにとどまっている。おまえの化けの皮を剝いでやる、この馬糞まみれのイカサマ野郎！

禿げ頭の男の胸に突然爆発したような穴が開く。柱が貫通したかのようで、男は群衆のほうに後ろ向きに倒れ込む。ディーラーが静かに銃を抜き、発射し、また銃をしまったのだ。その間、両手でカードをシャッフルする動作はまったく止まっていない。ディーラーはカードの山を置き、ふっくらした両手を広げる。まるで、私に挑戦するカモはほかにいませんか、とでも言うかのように。

彼は自分の保安官のバッジがはっきりと見えていることを確認し、帽子のつばを強く引っ張る。そしてガンベルトを引き上げ、明るいライトに照らされた空間に入っていく。禿げ頭の義足の男がさっきまでいた空間。彼は倒れた椅子を拾い上げ、ディーラーをじっと見つめながら、椅子をブラックジャックのテーブルの前に戻すが、自分は立ったままだ。俺の囚人を返してもらいたい、と彼は静かな声で言う。ディーラーについてあることがわかってくる――そこに立ったまま相手を見つめていると、ますます確信するようになる。あの女は賭け金ではない。おまえもわかっているはずだ。この店を閉鎖しないといけなくなるぞ。

彼の元代理である、腕をやられたひ弱な男がディーラーのほうに身を傾ける。ディーラーの唇は動いていないが、元代理の皺くちゃの耳に何かを囁いているようだ。そんなことは起こらないっておっしゃってますよ、と元代理は口の端から出す声で言う。太った大男の背後では、回転する女教師の白い両膝が持ち上がってくる。そのさまは靴下を頭にかぶった無表情な操り人形のペアのようだ。そしてまた両膝は下がり、布に隠される。それが何度も続くが、彼は気を引きしめて意識を向けないようにし、彼女の燃えるような視線も無視する。いまは純粋に一つのことだけを考えないといけない。あの裏切り者の馬泥棒を返してほしければ、おまえは座って自分と勝負しないといけないとおっしゃってます。

できないんだ。賭け金がないからな。そうだ、いまや彼は確信する。ディーラーがこんなに静かに座っている理由。聞いているのだ。すべてを。男の耳はほんの小さな音でも拾っている。爪がピンクで肌がざらざらの指がカードをつまんでいるのと同じ要領で。あの青いレンズの奥の目は見えないのだ。

では、ブーツを賭けるのはどうだ？　と元代理が提案する。でなければ、銃は？　彼は首を振る。元代理は太った男の耳に何やら囁き、それから耳を男のほうに傾けて返事を聞く。ならいいだろう、とおっしゃってます。おまえの命だ。彼女の命と引き換えにおまえの命をいただこう。

よし、わかったよ。そう言って彼は肩をすくめ、椅子の縁に座る。自分の声を正しい場所に据えるためだ。偽の五セント玉も持ってねえんだよ。面白そうな表情が太った男の顔に一瞬現われる。トランプの札が甦ったかのように、彼の手中でバタバタと跳ねる。檻に入れられたシジュウカラか、餌を食べているハミングバードのようだ。彼は音で自分の居場所を知られないように拍車を取り外し、声をその場に残したまま、椅子から静かに立ち上がってディーラーの後ろにこっそりと回る。普通の五枚札のスタッドポーカーだ、と彼の声が言う。表を上にして、何も隠さない。ディーラーはカードの山を正面の椅子のほうに差し出す。カットはいい。配ってくれ。彼がくるくる歩き回っているうちに部屋は静まり返ってくる。ルーレット盤のギシギシいう音以外、何も聞こえない。囁き声もすべて静まった。太った男にはそれが気に入らなかったかもしれないが、そんな気配はまったく見せない。ほとんど動作を示さずに、ディーラーは空席にジャックを、自分にはキングを配る。あんた、俺に何か言いたそうだな、と彼の声は椅子のところから言う。動きを悟られないように、つまらないおしゃべりを続けているのだ。シカ狩り名人の年寄りが、獲物を混乱させる手段として、かつて教えてくれたこと。単純なトリックで、実に自然なので、一度習得してしまうと、それを知らないときがあったことに驚きを感じるくらいだった。だがな、と彼の声は二枚目のジャックが出たのを見て気取った声で言う。このハンサムな野郎が二人揃えば、ブルドッグみたいな年寄りはすぐにやっつけられるぜ。もちろん、二枚目のキングがすぐあとに続く。まいった、と彼の声は言う。ツキに見放されたぜ。この勝負にとどまるためには、ハンサムボーイがもう一枚出てくれないといけないようだな。そしてその通りになる。しかし、三番目のキングが出て、また逆転される。彼はいまやデイーラーのすぐ後ろにいて、むくむくと膨らんで輝く頭のてっぺんを見下ろしている。おっと、これを見ろよ、と四番目のジャックが出たのを見て彼の声は言う。奇跡でも起こらない限り、四人は俺のもんだな。四番目のキングが出たところで、彼はこっそりとボウイナイフを抜く。何か異常なものを聞き取ったかのように、ディーラーの頭はかすかに引きつり、耳がそちらの方向に傾く。そこで彼の声は椅子から話しかける。すげえじゃねえか！ ジャックが四枚！ キングも四枚！ でも、まだ終わっちゃねえぜ、相棒。もう一枚配ってくれないとな。まだ四枚しか配ってないんだから。太った男はためらい、声の方向に少しだけ体を向ける。それから苛立たしそうに黒のクイーンを開くと、それはまるで決闘する男たちへの〝撃て〟の合図のように、二人のあいだに落ちる。こんなすげえのは初めてだ、と彼の声は叫ぶ。どうやって五番目のジャックがそこに入ったんだ？ ディーラーはビクッとし、銃かカードのほうに手を伸ばそうとしたようだが、それを抑える。そしてほんの一瞬だけためらってから、五番目のキングを出す。ほう、と声は言う。こいつはひどい。ただの二の札じゃねえか。イカサマ、見破ったり！ 銃が出て来て椅子を吹き飛ばす瞬間に、彼はナイフの刃をディーラーの喉の奥深くに突き刺す。そしてラードの入ったバケツを掻き回すかのように、厚く積み重なった肉を左右に切っていく。

男は倒れることなく、その丸々と太った体のまま座っている。ただ、失望したかのように頭が少しだけ前に傾き、青い眼鏡は鼻から落ちて、かつて目があった皺くちゃの窪みを露わにする。銃を持った男の手が引きつって弾丸がもう一度発射され、頭上のランプが粉々になって、みなは飛びのいて身を隠そうとする。男の手は力なく手のひらを上にして広がり、銃が捨て札のように滑り落ちる。喉の切り傷から染み出してくる白い脂肪はゆっくりとピンク色に染まっていく。彼が男のリンネルの白いスーツの肩でナイフの刃を拭くと、それがイカサマ用の器具を始動させてしまい、エースが男の袖から何枚か飛び出てくる。それから彼はほかの者たちを睨みつけつつ、慎重にナイフをしまう。男たちは起き上がって、この新しい状況を吟味している。男たちがこれをどう捉えるのか、男たちにとってディーラーはどういう存在なのか、彼にはわからない。そこで男たちが不穏なことを考えないように気を逸らそうとして、彼は言う。ここにある戦利品は勝手に取り放題のようだぞ、みんな。

これによって熱狂的な騒ぎが始まる。男たちが夢中になって戦利品を漁っているあいだに彼はルーレット盤を手で押さえ、女教師を解放しようとする。手首の縄を解いたところで、また顔をはたかれるのではないかと半ば期待するが、彼女は気を失い、彼の肩に崩れ落ちてくる。ぶらりと垂れ下がった彼女の手は力なく彼の背中を叩く。そのため彼は腰と足首の縄をほどくとき、彼女の全体重を受け止めなくてはならない。教会内の状況は醜さを増し、銃やナイフが引き抜かれ、拳やボトルが飛び交っている。そこで彼は鞍袋のように彼女を肩に抱え、急いで教会から抜け出そうとする。部屋は出口に向かって都合よく縮まりつつあり、彼の脱出は容易だ。ドアから夜の屋外に飛び出す前に、彼は女を抱えていないほうの肩越しに振り返り、中の騒ぎを見る（ここは彼の町であり、おそらく彼が関わってきた唯一の人々であるのに、男たちと永遠に別れようとしているのだ）。靄《もや》の向こうにはまだディーラーの遺体があり、輝くランプの下でぐったりとしている。まるで古代の陰鬱な廃墟のようだ。喉からじくじくと液が漏れ出ており、青い眼鏡をかけた禿げ頭がゆっくりと喉に沈んで行く。

☆　☆　☆

かすかに脈打つ星々のタペストリーの下、馬を呼ぶために小さな音で口笛を吹きつつ、彼は荒涼とした町を歩いて行く。片手で彼女の柔らかな太腿を摑み、もう片方でスカートに包まれた膝の裏を摑んでいる。教会内の騒ぎがじきに広がっていくだろうと考えているが、ここを素早く出ようという彼の望みは消えつつある。彼はまず鍛冶屋の小屋に向かう。黒い雌馬をそこで最後に見たからだが、小屋は彼が記憶している場所にはない。そこには刑務所があり、その前に絞首台が設置されている。次に彼は馬小屋に向かうが、やはり刑務所に行き着いてしまう。女教師の体は重くなってきており、彼は彼女を校舎に隠して馬を探そうかと考える。雌馬かほかの馬、もしかしたら二頭見つけられるのではないか、と。ところが彼はまた絞首台と刑務所にたどり着く――あるいは、絞首台と刑務所が彼のほうにやって来る。彼は静まり返った闇の中、絞首台の脇に立ち、静かに口笛を吹く。胸に湧き上がる苛々した思いを抱えつつ（あのクソったれの馬はどこに行ったんだ?）、自分の位置を確かめようとする。頬を彼女の曲がりくねった腰に押しつけ、いまだにしがみつける唯一のものであるかのように、脚を両腕で抱きかかえている。絞首台に貼ってあるのは、女教師の絞首刑が明日の正午に執行されることを告知するポスター。ただし、かすかな星明かりの下では、彼女の似顔絵の厳しい表情が和らいだように見える。どんな運命であれ、自分の前途に身を委ねたかのように。彼は絶対に彼女の絞首刑は執行させないと決意している――どうしてここに来たのかと訊ねられたら、いまならそう答えるだろう――そして、似顔絵がそれに気づき、怒りよりも希望をもって彼を見つめているかのようなのだ。しかし、彼女の救出をどのように成し遂げるかについては、まだ彼にもはっきりしていない。似顔絵の顔に穏やかな当惑の表情が読み取れるのは、そのためではないだろうか。その視線は訴えかけるようであり、問いを発するかのように、あるいはキスを受けるかのように、唇をかすかに開いている。別れのキスだろうか？　彼は目の隅にチクリとくるものを感じ、そこに水が溜まってくるが、どうやら涙ではないかと考える。彼女を裏切ってはいけない。首吊り用の縄の環が夜空を背景に、高いところにぶら下がっている。彼はこの恐ろしい器具から顔を背ける。一匹狼の彼――超然とした放浪のガンマン、足の向くまま気の向くまま、どんな人にも物にも縛られない自由人が、崇めるかのごとく肩に載せた柔らかい物体に唇を押しつけている。そして可愛らしく突き出た彼女の黒い尻からその先に目をやり、月の出ていない夜に瞬く星々を見つめながら考えている。俺は完全に自分を見失った。自分がそうだと思っていた人間ではなくなってしまった。

もう一度馬か隠れ場所を探しに出ようとしたとき、背後の教会から男たちが通りに出て来る騒々しい音が聞こえる。時間がない。人々があらゆる方向からどんどん迫って来るようだ。嬉しそうに汚い言葉や人の悪口を叫び、武器を撃ちまくっている。彼は追われているように感じ、女教師を抱えたまま走る。通りを重い足取りで渡っているとき、女教師の頭が背中で弾む（訴えるような視線や、かすかに開いた唇のことは、いまは考えていないが、いずれまた考えるとわかっている）。そして刑務所に逃げ込むが、彼女という重荷に邪魔されて、ドアの掛け金をうまく掛けられない。そのうちに町の男たちがドアに殺到し、彼を押しのける。

よお、保安官！　すげえもんを手に入れたじゃねえか！

ホー！　こいつは見事な獲物だ！

大当たりだな、保安官さんよ！

彼らはランプをつけ、彼のまわりを回る。そのうち部屋は人でいっぱいになり、みなが彼の肩に担がれた女を声高に褒め、ぐったりとした彼女の体に触ろうとしたり、脂ぎった銃身でつつこうとしたりする。彼は男たちをできるだけ寄せつけまいとし、独房のドアのほうへと下がっていく。逃れる手段があるかどうかと考えるが、どうやらなさそうだ。

縛り首パーティができないいんじゃないかって心配してたんだ！

よくやってくれた、保安官さん！　あんたは正しいことをしたよ！

ちょっとくつろいで、一杯やったらどうだい、相棒。そして大舞台のためにひと休みしなよ、と目玉の飛び出した歯なしのせむし男が言う。ゆったりとした白いリンネル地の上着を着た姿はまるでテントだ。その汚れた下襟に保安官のバッジをさかさまにつけている。

俺たちがあんたに代わって囚人の面倒を見るよ。

いや、と彼は言う。以前だったら、彼は単純に銃を撃ちまくってここから出ただろう。少なくともそれを試みただろう。いまそれはできない。この女に手を出すんじゃない。こいつは絞首刑にはならない。

なんだと——？

釈放する。

そんなこと許さねえよ、保安官！　おまえにそんな権利はねえ！

こいつのためにわざわざ新しい絞首台を作ったんだぜ！

飼料店の裏半分を壊して、その材木を使ったんだ！

どうしようもない。こいつは犯人じゃないんだから。馬を盗んだのは俺だ。

なんだと——！

男たちは一瞬だけ後ずさり、陽気な物腰が暗転する。一方、彼の手が支えている女教師の腿が引きつり、強張る。まるで彼の率直な告白によって刺激され、目を覚ましたかのように。降ろしてちょうだい、と彼女は彼の背後から冷たい声で命令する。彼女の優しい部分はすべて消え去ったようだ。すぐに降ろして。

ちくしょう、と誰かが囁き、感嘆符を補うかのように、彼の背後の独房に向かって唾を吐く。どうやらあのクソポスターすべての似顔絵を変えないといけないようだな。

彼は膝をついて彼女の足を床に着ける。まわりに集まっている無愛想な男たちはそれをじっと見つめている。彼女は彼の頭上で背筋を伸ばし、上体を支えようと一瞬だけ彼の肩に触れる。必要に迫られた動作にすぎないが、それでも彼は彼女に触れられたことをありがたく感じ、しばらくそのままひざまずいている。慈悲を求めるかのような動作——いや、本当に慈悲を求めているのかもしれない。しかし彼女はそれ以上何も言わず、硬く黒いヒールを軸に回れ右をすると、左右の腰に手を当て、ドアに向かって歩いて行く。男たちは帽子を脱ぎ、彼女を通すために後ろに下がる。沈黙を破るのは彼の流儀ではないが、この恐ろしく、また無限の沈黙に追いやられてしまうと（この沈黙には、彼女が立ち去ったあとで、無口なストイシズムによって直面しよう——ストイシズムこそが彼の性質であり、それによって彼は知られ、自分でもそういう人間だと信じているのだから）、彼は声を出さずにいられない。あんた、俺に礼も言わねえんだな、と彼は呼びかける。

彼女はドアを開けたところで振り返り、ビロードのような夜の闇を背景に立ちすくむ。その視線にはあまり愛情が感じられないが、それでも激しい怒りをたたえているわけではないので、彼は元気づけられる。〝言わねえんだな〟ではありません、と彼女は静かに、しかしきっぱりと言う。〝あなたは私にお礼も言わないのですね〟、です。

そうかい？　彼はどことなくうろたえているが、彼女に借りがあることもよくわかっている。そこで立ち上がり、ほかの者たちがやったように帽子を脱ぐ。申し訳ありません。でも、あんたは俺に礼を言ってねえです。

彼女は溜め息をつき、首を振る。どうしてあなたにお礼を言わないといけないの？

だって、そうでしょう。俺がいましたことに対してですよ。あんたの命を救ったんだから。

私はあの馬を盗んでいません。あなたはしなければならないことをしただけです。

違う。彼女が厳しい目つきでじっと見つめるので、彼は目を合わせるのが辛くなってくる。その瞳はいま鋳鉄の色になったように思う。そこで彼は彼女の頰のえくぼのような黒子《ほくろ》を見つめることにする。それは俺があんたを救った理由じゃねえ。

〝それは私があなたを救った理由ではありません〟。

違うんだよ。

では、その理由は何？　教えて。

俺……俺には言えねえ。

〝私には言えません〟。

そうじゃねえ、ただ言えねえんだ。

彼女は溜め息をつく。まだ彼を睨みつけてはいるが、その溜め息にはそれ以前よりも優しさが増している。

わかるか？　どうやら保安官は女教師に惚れてるようだぞ！

そうか？

彼女はドアロで背筋を伸ばし、きりっとした表情で彼をじっと見つめている。それから潔癖で厳格そうな態度が軟化し、ためらいがちに部屋のほうに戻って来る。黒いスカートがカサカサと音を立てる。そしてランプの灯りの下、穏やかな表情で彼の前に立つと、彼のぐらつく視線を捉えようとして頭を少し傾ける。まるで自分を見てと彼に訴えかけるかのように。全身から力が抜け、彼は彼女を見つめる。

でも、女のほうも保安官に惚れてるんじゃやねえか？

ほーっ！　だとしたら、体のどこが反応するか知ってるぜ！

つまらねえこと言うな！　やつはきっと女にキスするぞ！

なんだと！　信じらんねえ！

彼にも信じられない。この新たな光景しか目に入らなくなっている——彼女の眉毛の緊張が和らいだこと、その探るような視線、少しだけ開いた湿った唇。完全に新しいし、この瞬間まで想像もできなかった。それと同時に、どこかものすごく馴染み深い光景のようにも思える。生まれてからずっと、これを見てきたように感じるのだ。この顔がこんなにも従順に彼のほうに向けられること。彼は目を閉じ、彼女に向かって身を傾けていく。ずっと失っていたものをついに発見したかのように。

さあ、行くぜ！

いよいよやつを縛り首にしねえとな！

彼女の温かい唇が迫り、その湿った息が彼の乾いた唇にかかる。その瞬間、突如として激しい爆発音が轟き、刑務所全体を揺るがす――彼は本能的に彼女を脇へ押しやり、振り返って銃を抜く。黒い雌馬だ。目が怒りに燃え、体は二倍の大きさに膨れ上がっている。ドアとフレームを突き破って刑務所に押し入り、彼らに迫って来るのだ。その衝撃で窓もすべて粉々にしてしまった。馬の荒れ狂う蹄から逃れようと、男たちは這い回り、転げ回っている。

ヘイッ！　気をつけろ！　獰猛な雌馬だ！　と彼らは叫ぶ。頭がいかれてるぞ！

女教師は床に倒れ、彼の背後にある開いた独房のドア口で彼の脚にしがみついている。彼は雌馬を落ち着かせるために口笛を吹くが、かえって馬を怒らせることにしかならないようだ。馬は天井めがけて前脚を上げ、力いっぱい振り下ろす。口から泡を吹き、鼻は膨れ上がる。通り道にあるものをすべてつぶしていき、ガラスと埃と木のかけらを飛び散らせる。

気をつけろ！

助けてくれ！　目が見えない！　木のかけらが目に入った！

脚をつぶされた！

白い上着を着たせむしの保安官代理は壁の釘に掛けてある投げ縄を引っ摑むと、唸り声とともに荒れ馬の首めがけて投げる。馬は飛び上がり、蹄の一撃で代理の頭を陥没させ、周囲の者たちはみな血と脳漿をかぶる。代理のつぶれた首の上に残っているのは歯のない下顎だけ。それがメロンの皮のようにぶら下がっている。

何とかしてくれ、保安官！　みんなが殺される前にあの悪魔の馬を捕まえてくれ！

あのけだものを撃ってくれ！　何をためらってるんだ？

彼はいまや泡を吹き目を血走らせた野獣と向き合っている。背を空っぽの独房の格子につけ、女教師の手が足に絡みついているために身動きが取れない。両手の拳銃をどちらも雌馬のぎょろつかせた目に向けているが、女教師との稀に見る瞬間を台無しにされたにもかかわらず、引き金を引く気になれない。このような馬と出会ったことはないので、早まって殺してしまいたくないのだ。ましてや今はこの馬を最も必要としているときかもしれないのだから。雌馬は鼻を鳴らし、いないて、黒いたてがみを威嚇するように振る。蹄で床を叩き、彼の脚に向かって蹄を上下に振っているように見える。彼の脚の背後では女教師がまだ縮こまり、両脚のあいだから覗いている。雌馬はまた立ち上がり、前脚を振り回しながら、後ろ脚で前に出る。雌馬のいななきは恐ろしい叫び声のようだ。それから雌馬は前脚を振り下ろし（女教師が叫び）、彼の左右の格子を何度も何度も力任せに叩く。

馬が狙ってるのは女だ！

女を渡してしまえ、保安官！　あの荒れたけだものをこれ以上怒らせるんじゃやねえ！

こいつめ、おとなしくしろ！　と彼は荒れ狂う馬に向かって叫ぶ。下がれ！　人を踏みつけたいんだったら俺を踏みつけろ、この性悪なブス馬！　馬は鼻から思い切り息を吐き出し、床を叩く。そして黒い喉しか見えなくなるほど首を尻尾の方向に高く上げ、震える叫び声のようないななきを漏らす。それから頭を膝のあいだにまで下げ、前髪の下から訴えかけるように彼を見つめて、片方の蹄で床板を叩く。よし、それでいい。じゃあ、ここから立ち去れ、と彼は言う。馬は首を左右に振り、唇を丸めるようにして歯を剝き出す。そのじっとりした眼差しは喧嘩腰というよりも傷ついた感じだ。行け！　彼は片方のピストルを下に向け、馬の蹄の先端をかするように弾を放つ。馬は床からその蹄を上げ、それに向けて頭を下げてから、また蹄を下ろす。悲しげに一瞬だけ動作を止めて振り返り、鼻を下げて部屋からとぼとぼと出ていく。誰かが銃を撃ち、馬は少しだけよろめいて立ち止まる。それからまたゆっくりと歩いて行く。ほかの男たちは大胆になり、武器を掴んで、通り過ぎていく馬に向けて派手に撃ち始める。ドアがあったところにできた壁の穴から馬が出ていくのを追い、悪態をつきながら撃ち続ける。

彼は女教師に手を貸して立ち上がらせ、前と同じように優しい気持ちを感じる。彼女の襟の高いボディスのボタンが外れ、ちらりと見えた白い肌から甘い白粉の香りが漂ってくるだけに、いっそう愛おしい。あの雌馬に襲われようとも、ほかのどんなことがあろうとも、彼の心をこんなに乱すことはないだろう。しかし彼女の手は鉤爪のように強張り、すぐに引っ込む。感傷的なムードは明らかに彼女から消え去ったのだ。どうしてあのけだものを撃たなかったの？　と彼女は叫ぶ。男たちがまさにそれをしている音が通りから聞こえてくる。花火大会のような銃撃のバンバンガタガタという音。そしてこの短いあいだに二度目のことだが、彼の目は涙で曇る。あの馬は私を殺そうとしていたのよ！

わかんねえ、と言って彼は溜め息をつく。馬をなだめられれば、俺たちはあれに乗って町を出られんじゃねえかと思ったんだ。

何ですって？　町を出る？　この愚か者！　私はそんなことはしません！　彼女は彼の頰が涙で濡れてきたのに気づき、怒りをたぎらせてつけ加える。とにかく、それが理由じゃないわよね。

彼が何も言わずにいると、彼女は彼の顔をひっぱたく。ものすごい力だったので、彼の頭から帽子が吹っ飛び、彼女の束ねた黒髪も歪んでほどけそうになる。外では町全体が引き裂かれたかのような騒ぎ。彼の胸の内も引き裂かれたかのように感じる。彼女の乱れた黒髪の下からオレンジ色の巻き毛が見えたからだ。

そのとき町の騒ぎが突如として収まり、男たちが刑務所にドヤドヤと戻って来る。馬を殺したことで興奮し、熱くなって怒鳴りちらしている。帽子と髪と鼻の群れが彼の目の前にぼんやりと浮かんでいる。

よお、保安官！　あの狂った雌馬が絞首台を壊すところを見るべきだったぜ！

あれを楊枝の山にしちまったんだ！

ひでえ話だ！　あんなの見たことねえ！

正義の妨げだぜ、あの馬は！

いま頃あの馬にゃ、クリベッジの得点盤くらい穴が開いてるだろうよ！

走って逃げようともしなかったんだ。完全に心が挫《くじ》けて、死にたがってるって感じだったぜ！

しかし、楽な仕事じゃなかった！　この老いぼれ馬は絶対に倒れねえんじゃないかって思ったくらいだ！

あのいまいましい馬に弾をすべて撃ち込んだぜ！

まったく！　あいつはとんでもねえ馬だ！

もちろん、あの恐ろしい代物をまた作らなきゃならん。この可哀想なカウボーイを吊るさないといかんからな。

ひでえな、いまから作ってたら間に合わねえぜ。あのクソ馬はそれを狙ったんだ。もう縛り首のことは忘れて酔っ払おうぜ。

そうこなくっちゃ、野郎ども。一杯や二杯なら、俺もご一緒するぜ。

そうしよう、と男たちはみな同意する。やつを放せ。あいつは何も悪いことはしていない。

ダメよ、あんたたち、と酒場の女性歌手《シャンテューズ》が言う。束になった黒髪を外して首を振ると、ショウガ色の巻き毛が解き放たれる。ボタンの外れたボディスからは、先端にルビーをつけた乳房が片方こぼれ落ちる。そんなことはさせないよ。あの悪に染まった害獣は法律を破ったんだ。償いはさせないといけない。

おいおい、ベル。やつはただの殺し屋で、馬泥棒で、牛泥棒で、列車強盗で、イカサマ賭博師ってだけさ。どこに悪いところがある？

あのクソ野郎はあたしを捨てたのよ、と彼女は苦々しい声で言う。縛り首でもやさしすぎるくらいだわ。

男たちは肩をがっくりと落とし、うんざりしたように目くばせ合う。クソッ。本気かい、ベル？

本気よ。

わかった。金槌と釘を入手しないといかんな。あそこの材木はみんな粉々になったよ。馬小屋を壊して、また一から始めないといかん。すまんな、保安官、と腫れぼったい目をした老いぼれが言う。丸く膨らんだ鼻を横切るように耳から耳まで切り傷が走り、顎鬚を吊るしている物干し綱のように見える。この男がいまは保安官代理のバッジをつけている。俺たちにできることは何もない。男は彼から保安官のバッジと銃を取り上げる。あんたの哀れな尻をあの独房に入れておくといい。まあ、独房の残りって感じだがな。俺たちがやらなければいかんことをやっているあいだ、あそこでおとなしくしてろ。

そもそもやつは何をしたんだ、保安官代理？　誰かがそう訊ねるので、みなはその男のほうを向く。彼は彼女がルビーのピンを頬のピアスの穴に入れて留めるところを見つめている。そして、自分は生まれつき文明生活に合わなかったのだと考える。合っているかもしれないと一瞬だけ考えることでさえ、それは自分の弱点で傷であり、結局致命的なものだったのだ。あのまぬけ、金玉を蹴られたラバみたいな顔をしてるわね。

ベルだ。あんな格好してるぜ。

そしていま、これまで彼のために常にあった地平線がなくなっている。目の中の広大な地平線もまた小さくなり、消えていく。

あんたがいなくなったら寂しくなるわ、ダーリン。女性歌手《シャンテューズ》は微笑み、服の中に乳房をしまい込む。しかし、女教師のボディスのボタンははめようとしない。あんたみたいな人が来るのは、毎日ってわけじゃねえから。

〝毎日というわけではないから〟と彼は彼女の言葉を訂正し、独房の中に入る。そして、寝台の剝き出しのスプリングの上に身を投げ出す。

そうよ、と彼女は笑う。彼らはみな笑う。そう、毎日ってわけじゃねえ！

☆　☆　☆

彼は男たちが絞首台を作り直しに出て行ったときのことを思い出している。あのとき彼は寝台のスプリングの上に寝転がり、独房の窓を見上げていた。星がたくさん出て、天上の塵旋風《じんせんぷう》のように渦巻いていた。激しい嵐が来そうだと彼は考えた。しばらくしんと静まり返り、その静寂の濃密さに耳が痛くなるほどだった。そして彼はある暑い日のことを思い出した。一人ぼっちで砂漠を旅していたときのこと。焼けるような太陽の下で、ちょうどこのような静寂が訪れ、その真っ只中をインディアンの戦士たちの集団が馬で駆け抜けたのだ。鞍も手綱もないのに、馬をギャロップで走らせていた。顔を高く上げ、彼には見えない地平線上のものに引き寄せられるかのように、正面をじっと見据えていた。馬たちの蹄で埃がのたうつように立ち昇っていたが、音はまったくしなかった。インディアンたちが通り過ぎていくとき、その唇がすべて生皮の紐で縫いつけられ、開かないようになっていることに彼は気づいた。彼らの胸と額には神秘的な絵文字が入れ墨され、筋肉には動物の歯と骨が埋め込まれていた。そして彼は、インディアンたちが忘却の彼方に向けて疾走しており、一緒に宇宙の秘密を運んでいるのだとわかった。その秘密はあまり面白くないものだが、存在している秘密のすべてであり、彼には決して知ることができないのだ。インディアンたちのあとには荒れ狂う川が現われ、馬たちの後ろ脚に怒ったように水を撥ねかけて、彼らの足跡を呑み込んだ。それから戦士たちが消え、砂漠のありふれた騒音が戻ると、川は細い流れとなった。彼と馬はそこから水を飲んで、しばらく気持ちが悪くなった。

彼がこうしたことを考えているときに、新たな静寂が訪れた。彼は人生の最後の夜を独房の寝台に寝転がって過ごしており、それまで鋸《のこぎり》や金槌の音が聞こえていたのだとしても、いまは凝固したかのような厚い沈黙に押さえつけられていた。それから、すべてを覆うかのような激しい風の音がすべてを消し去った。風は刑務所の屋根を吹き飛ばし、古い木製の机と回転椅子を持ち上げて、彼の独房の格子に向かって叩きつけた。机と椅子は粉々になり、その欠片《かけら》が吹き矢や弓矢のように彼に飛んできた。彼は腕で頭を抱えて丸くなり、飛んでくる欠片が尻にしか当たらないようにした。彼の尻は長年の馬上暮らしのために革のように固くなっており、こうした折檻をほとんど感じなくなっていたのだ。風とともに沸騰するほど熱い豪雨が降り注ぎ、嚙みつくかのように彼に襲いかかった。その力はオオカミの群れよりも血に飢えているように感じられた。雨が通り過ぎると、打ちひしがれた星が流星となって降り注ぎ、地面を揺るがして、寝台のスプリングをカタカタといわせた。彼はびっくりして床に転げ落ちた。続いて流星によって散らばり、うなる風によって吹き飛ばされた埃や土や石の欠片が彼に襲いかかってきた。まるで砂漠自体が生きた形を持ち、彼に対して蜂起したかのようだった。彼を打ちのめし、目を見えなくし、体のあらゆる穴から中に入った。口と鼻を塞がれて彼は息ができなくなり、寝ている場所で生き埋めになった。しかし彼は砂漠の苛烈で気まぐれなやり方には精通した男なので、辛抱強く大荒れが過ぎ去るのを待った（最悪な部分は終わった――女教師が去り、彼女は女教師でさえなかったのだから）。その間、自分の窮地の皮肉について考えた。息をひそめ、縛り首になるまでのもう一時間を生き抜こうと奮闘していた。そして大荒れが過ぎ去ると、積もった土を押しのけて外に出た。口に溜まった土を吐き、鼻に溜まった土を指で取り除いて、また以前のように呼吸を始めた。

嵐は去り、また真昼の太陽が顔を出した。刑務所の屋根が吹き飛ばされたため、陽光がまともに彼に照りつける。独房のドアは歪み、大きく開いたままだ。嵐にも耐えて残った壁のコート掛けに、彼の古いガンベルトと木製の六連発銃が掛けられている。それをしない理由はないと思われたので、彼はそこに歩いていき、ガンベルトを腰に巻く。そして男たちが出ていったあと（それとも前か）に片目の写真家が訪れたことを思い出す。そのとき彼は、これはよくない兆候だ、一つとは言わずそれ以上の兆候かもしれないと考えた。写真家は山高帽をかぶった痩せこけた男で、中国人風の顎鬚を生やしていた。自分の職業について饒舌に、熱を込めて語る男。彼は首を吊られた男たちの写真の束を見せてやると言い張った。彼が即座に興味を示さず、目を閉じると、男はライフルの銃身で彼の下腹部をつつき、彼のイヤリングを引っ張った。サンプルを広げて無理やり注視させ、これはわしが熟慮した上での意見なんじゃ、と言った。一人の男が首を吊るされている写真は、首を吊るされた男たちの集団の写真よりも、メランコリックな雰囲気を漂わせるだけではない。それは絵画的性質の探求への前景を開き、まだ首を吊るされていない人たちに対する関心を引くことにもなる。もっとも、十人かそれ以上がまとまって縛り首にされる光景は、珍しいものであるために、商魂たくましい写真家にとって特別な課題と機会を提供することになるのだが。別の言い方をすれば、単独で縛り首になった男はソロで悲しいメロディを奏でるのに対し、何十人もが一緒に吊るされた場合は入り混じり交差したメドレーをビッグバンドが繰り広げるようなものだ。二人なら仲間と言うが、そうじゃねえ、と片目の男は続けて言った。嚙み煙草の汁がよれよれの顎鬚から滴り、男の写真の上に落ちていた。それを骨張った長い指で擦りつけるので、写真のセピア色がいっそう深い色になる。この首を吊るされた二人の罰当たりなインディアンを見てみい。これ以上に寂しいものは見たことがないじゃろう！　一人の悪党がぶら下がってるのは厄介な質問を発しているみたいじゃが、二人だと互いを嘲笑っているみたいに見える。首が折れて宙ぶらりんという可笑しな格好になりながら、何も言うことがないみたいなんじゃ。わしはときどき野次るだけのために二人の縛り首の写真を見るよ。たいていの人は三人の写真を好むな。こいつは不思議な写真じゃ。二人があそこで何をしているかはわかるんだが、三人目はどうじゃ？何だか間違いみたいなんじゃよ。たまたまそこを通りかかって、輪縄に首がはまってしまった、というような。手違いによる縛り首があったとすれば、これだな。しかし、わしの好みは四人。吊るしたとき、いちばん足をバタバタさせるのがこいつらじゃ。全体としてのパターンを見れると同時に、一人ひとりも見れて、ほかの者たちと組み合わさってできるものがある。ただ、だいたいにおいて、わしは絞首台という建築物に特別な敬意を払っており、だから写真を撮るんじゃ。これらの写真を見て、一つひとつがどれだけ違うか注目してみるといい。四人の男を同時に縛り首にするのに、たくさんの新しくて奇抜なやり方と形がある。一緒に四人を吊るすと、絞首台の木目がぐっと際立って、やつらの浮かんだブーツの下の空間に目が行くんじゃや。もちろん、こうした素晴らしいものが作られる理由のすべてはそれじゃよ。

ライフル銃の撃鉄を起こし、準備が整うと、彼はドアのほうに用心深く目をやる。通りに出るドアがあった場所には大きな穴が開いている。彼のであれ誰のであれ、今日はブーツがあそこにぶら下がることはないとわかる。黒い雌馬によって破壊された絞首台の残骸はほとんどが嵐によって吹き飛ばされ、埃っぽい大通りには破片が少し散らばっているだけ。かつての決意を思い出させるものが色褪せ、弱々しく散らばっているかのように見える。絞首刑が計画されていたということは、その証拠が何もないという不吉な事実によってしか感じられない。というのも、何も動かないのだ。酒場の看板の上にある窓のレースのカーテンでさえ動かない。風雨に晒されてきた建物の数々、焼けるような太陽の下で完全に見捨てられた建物たちは、疲弊して縮こまってしまったように見える。気味の悪いほどの静けさがすべてに染み込んでいるさまは、酒が男の体に染み込んでいくかのようだ。しかし、彼らはどこかで、あるいはどこか複数の場所で、自分を待っている——それについて彼は疑いを抱いていない。その〝時〟が来たのだ。

道の向かい側にある銀行のドアは、いつものように蝶番のところが外れている。何もない空間を百ヤードほど行かなければならないが、それでも木材よりは石造りの壁のほうが身を隠すのに安全だ。そして彼は、あそこまで行き着ければチャンスがあると考える。少なくとも、長く持ちこたえられるだろう。一瞬だけ刑務所のベランダに身を晒し、それから素早く中に隠れる。何も起こらない。彼は六連発銃をチェックし（一発は撃ったので、その分を装塡する）、まるでフェルトが弾丸を撥《は》ねつけるかのように、つば広の帽子を額のところまで押し下げる。それから耳垢を取り、走る準備が整う。その空間には何らかの存在が感じられる。目に見える空っぽの空間の内部に、人でびっしりと埋まった空間があるかのように。この不吉な時間によって作られ、まさにそれ自体の張りつめた必要性によって守られている空間。彼がそこに入ると、その空間がなくなるまで、あるいは彼がいなくなるまで、出口はなくなるのだ。

彼の背後にある刑務所の壁の欠片が突然内側に落ち、厳かな沈黙が破られる。彼はくるりと体を回して撃とうとするが、そこには誰もいない。それから彼が見ている目の前で、糊の利いた襟のように壁の一部が折れ曲がり、一瞬キキキッと音を立てて、物憂げに滑り落ちる。床にガシャッとぶつかり、粉々に砕ける。ああ、わかったよ。行く時間だ。

彼はしゃがみ込み、三つ数えてから飛び出す。通りをジグザグに走り、心臓も脚もバクバク動く。周囲の全世界が次の瞬間にも爆発し、すべてを焼き尽くして終末を迎えるのではないかと予期する。そのようなことは起こらない、いまのところは。しかし、その空間を横切るのに数年かかるような気がする。かつて絞首台があった埃っぽい地面をブーツでどたどたと走り、ひょいと身をかがめたり頭を下げたりするときに地面に手をつく。銀行までの距離は、それに向かって少しずつ進んでいるはずなのに、遠くなっていくように見える。そして彼は、インディアンの種族による果てしない狩猟の踊りに囚われてしまったみたいに感じる。バッファローの頭の仮面をかぶったかのようで――あるいはバッファローを表わす模造品だが、両者に何も違いはなく――彼のどたばたと動いている脚は麻痺し、すっかり重くなる。厄介な頭は首に重くのしかかり、勝手に頭を下げたりするのだが、それはほかのことをする力がないためだ。向こう側にたどり着くなんて到底できない。距離が遠すぎる。よろめいて手をついてしまったら、もう立ち上がることができない。身をかがめるだけで頭を下げることはできず、息をつくこともできなくなり、帽子はすでになくなっている。撃たれて飛ばされたのかもしれない――彼を狙って撃つ者がいるとすればだが、はっきりとはわからない。耳のところで血がドクンドクンと鳴り、視界は汗と自暴自棄な思いでぼやけている。

しかし膝から崩れ落ちそうになったとき、彼は古い四輪馬車に出くわす。板を車体にしたタイプで、車輪が壊れている馬車だ。これまでそこに置いてあるのに気づいていなかったが、どうも彼のために置かれたかのようである。彼は転がって馬車の下に入ると、そこから馬をつなぐ横木を乗り越え、一フィートほどの高さがある木製のポーチの陰で腹這いになる。息を切らせ、通りの向こうの建物に銃を向ける。シャツの袖で目に流れ込む汗を拭い、屋根をざっと見渡す。暗い場所、物の境界線。何もない。以前と同じだ。死のような静けさ。例外は彼のつば広のソフト帽だけで、目的のない影のように太陽の下で転がっている。導火線に火を点けたダイナマイトのように不吉だ。彼は埃がこびりついた頭上の窓を見上げる。〝金《ゴールド》!〟と剝がれかけた金の文字で書いてある。〝損害賠償調査事務所〟。古びた木造家屋で、銀行のようなしっかりした建物ではない。しかし彼はそこにいて、ドアは蝶番からだらりと垂れ下がり、開いている。彼は前かがみになって中に忍び込む。

正面の壁に背中をつけ、六連発銃を向けながら室内全体を見渡すが、そこは空っぽである。古い煤が何重にも分厚く積もり、その煤が乱れているのは彼が入ってきてからつけた足跡と手の跡だけだ。彼はまた壁に寄りかかり、深く息を吸い込みつつ、この隠れ家の品定めをする。もろくて荒れ果てた一部屋の建物。天井は崩れ落ち、カーテンのない窓がまわりを取り囲んで、そのところどころに銃弾が穴を開けている。最悪の場所にいると言ってもよさそうだ。カウンターに〝おひとつどうぞ〟という看板があるが、その前に置かれた箱は空っぽ。中にあったトランプはみな床にばらまかれ、そこで埃をかぶっている。まるでずっと以前にゲームは終わったと言うかのように。一枚のカードが表を下にして、彼のブーツの脇に落ちている。たぶんそのままにしておくべきだろう。かつて彼は一人の教養のある男を知っていた。川船で何百万ドルも稼いだギャンブラー。より大きくて楽な稼ぎを求め、西部へと流れて行き、さらに何百万ドルも稼いだ。最後に幸運は失わなかったものの、運を操作する力を失ったという。ある晩、この男と一緒にビールを飲んだとき（彼が覚えている限り最後に飲んだビールだ）、男は彼にこんな話をしてくれた。カードの感覚を失い、行き当たりばったりに引かなければならなくなったら引くな。しかし彼はそのカードを引く。拾い上げる前から、どのカードが出るかわかっている。以前に配ったカードだ。その表面にはインクで座標が描かれ、彼には理解できない数字や記号が記入されている。こうした数字や記号が細くなった中央部で交差するところに、〝酒場〟という言葉が書かれている。

彼は両面に文字のあるカードの埃をズボンで拭い、それからポケットに入れる。孤独について考え、いつでも孤独を熱望していながら孤独にはなれず、決して孤独は手に入らないのだと考える。振り返って正面の窓を見つめる。逆になった〝金《ゴールド》〟の文字（金のペンキの内側は油っぽい黒色だ）の先、道を渡ったところに古い町の酒場が見える。ぶら下がっている看板、羽を畳んだかのように見えるスインギングドア、微動だにしない白いカーテン。これは挑発だ。やってみろと挑まれている。彼を想定した、彼だけに対する挑戦だ。彼はそう感じる。カードはずっとそこにあったのだし、通りがかりの誰が拾ってもおかしくなかったのだが。それに、これは間違いなく罠だ。おそらくやつらはみなあそこに潜んでいるのだろう。酒でいかれた顔に笑みを浮かべ、隙間のある歯を剝き出して、時間をつぶしているのだろう。ハエが糞に引かれるように彼が出て来ると確信して。というのも、彼はそういう男なのであり、それ以外のことはできないのだ。では、こうしたらどうだろう。やつらみんなに地獄に落ちやがれと言い、ただ立ち上がって、この汚らしい場所から出て行ったら？　うまくいくはずがない。どこで曲がっても町はそこにあるだろうし、酒場は彼の目の前に現われるのだ。彼を非難し、愚弄するかのように。やるかどうかの問題じゃねえ、どうやるかだ。鉱山を探し歩く老いぼれがそう言った。あの死にかけた野郎はこうも言った。救いはすべてがなくなるってことだな。あるいは、誰かがそう言った。

そこで彼は六連発銃をホルスターに戻し、慎重な足取りでポーチに出てから埃っぽい通りに降りる。急がずに、板を車体にした古い四輪馬車を通り過ぎる。車輪が壊れていて、彼のほうにひざまずいているように見える。その少し先には彼の帽子——何もない空間のど真ん中に、くしゃくしゃになった黒い帽子がポツンと寂しげに落ちている（孤独！　悪臭を漂わせる老いぼれ罠猟師がある日、悲しげに鼻を鳴らしながら言った。ああ、わしらは孤独が大好きじゃや。それに惹かれてここに来たんじゃやからな。しかし、そんなものは阿片を吸ったときのような夢にすぎん。金だとか天使だとかをたくさん見つける夢みたいなもんじゃ）。しかし、彼は尻込みせずに歩き続ける。もはや何かが建物の中に、あるいはその背後に隠れているのではないかと恐れることはない。ついに酒場の前の木製の歩道までたどり着く。目くるめくような陽光の下で立ち止まり、足を少し開いて叫ぶ。いいだろう！　俺はここだ！　怖くないなら出て来い！　喉に引っかかるような彼の声は、谷の底に立っているかのように、虚ろにこだまする。反応はこだまだけだ。自分がいかに乾ききっているかをかろうじて示すだけ――刑務所から闇雲に走ったことで、体内の液体はすべて干上がった。そこで彼は言いたいことをすべて言い切ったのだと考える。木製の歩道まで進んで、ドアのほうに向かう。ブーツの踵が床に当たる、コツコツという音が聞こえる。それから片側に回り、窓から中を覗く。埃っぽい暗闇の中に蜘蛛の巣が掛かっているだけで、ほかには何もない。壊れた家具、割れたランプやボトルがちらばり、古いグランドピアノは前のめりに倒れている。縁が欠けた鍵盤が床にばらまかれているさまは、歯で床を嚙もうとしているような悲しい光景だ。誰かの黄色いサスペンダーが、取り出された鶏の臓物のように、傾いた真鍮の痰壷から垂れ下がっている。

彼は一歩下がり、この状況のすべてについて考えながら、周囲を見回す。生命を示すものといえば、人気のない通りの真ん中に落ちている彼の帽子だけ。すべて自分の判断ミスだった。人はみなこの町を捨てて立ち去り、自分は一人ぼっちだ。彼は肩を落とし、自分がいかに疲れているかに気づく。この疲れは肉体的な努力からだけでなく、このところずっと必死に考えていたことからもくるのだ。いま彼が考えるべきすべては、水分を含んだものを見つけ、乾ききった舌を濡らして上顎から引きはがすこと。それから馬の心配をすることだ。こうしたものをどこで見つけたらいいのかさっぱりわからないが、飲み物が町に残っているとすれば、この近くだろう。彼は振り返って酒場に入ろうとする。するとスインギングドアがいきなり開き、彼の顔をしたたか打つ。彼は後ろ向きにひっくり返り、通りに真っ逆さまに落ちる。その打撃の強烈さのために何も見えなくなるが、それでも地面に倒れる前にドアに向けて銃を撃つ。もちろん、そこには誰もいない。ドアは蝶番のところで揺れているが、それから静かになる。彼は鼻に触れる。そう、骨が折れている。初めてではない。この地で生きるにふさわしい体の作りになっていないのだ。

顔の真ん中にズキズキする痛みを感じつつ、そこに仰向けに横たわっていると、彼は町が自分から去っていくことに気づく。町は陽の光も一緒に連れていく。損害賠償調査事務所、刑務所の廃墟、尖塔のある教会などはすでに少し離れたところにあり、砂漠に長い影を投げかけている。それに銀行が続き、そのドアを引きずっていく。馬小屋と衣料品店。彼はポケットのカードに触れ、それがまだそこにあることを確かめる。そして、孤独な苦しみから得たものすべてをこれが象徴しているのだと判断する。それ以外はすべて空想で亡霊であり、カードはそれを示すにすぎないのだ。まるで町全体の退却を統括しているかのように、酒場が最後に出て行く。そして少し離れたとき、レースのカーテンがさようならと手を振るように少しだけ揺れる。それから夜になり、何も見えなくなる。ただ、頭上の黒い空に星という穴が穿《うが》たれ、そこらじゅうに散らばっているだけだ。

訳者あとがき

本書『ゴーストタウン』(*Ghost Town*、原著出版一九九八年)の出版により、作品社からロバート・クーヴァーのパロディ物四冊が揃ったのは実に嬉しいことである。言わずと知れたアメリカのポストモダン文学の大御所、そしてパロディの名手の日本語訳が、ある程度まとまった形で読めるようになったのだから。

日本語訳が出版された順に紹介するなら、最初が斎藤兆史氏と私との共訳による『老ピノッキオ、ヴェネツィアに帰る』(*Pinocchio in Venice*、原著出版一九九一年)。あのピノッキオが高名な学者となり、百歳を超えて故郷のヴェネツィアに戻って来るが、いきなり狐と猫に騙され、さらに美女に目が眩《くら》んでさんざんな目にあわされる。カルロ・コッローディの名作童話『ピノッキオの冒険』のパロディであるだけでなく、ディズニーで扱われたピノッキオ、そして大衆が心に抱くピノッキオのイメージのパロディとも言える作品だ。このように文化に深く根差し、神話化した要素を取り上げて茶化し、既成概念をひっくり返し、矛盾点を露わにしたり猥褻な部分を強調したりして描くのがクーヴァーの作品の面白さである。それは、次に出版された拙訳『ノワール』（*Noir*、原著出版二〇一〇年）、続く越川芳明氏の訳による短編集『ようこそ、映画館へ』（*A Night at the Movies*、原著出版一九八七年）にも言える。前者は「フィルム・ノワール」と呼ばれる映画ジャンルや、その題材となったハードボイルド探偵小説をパロディにし、後者は各短編でハリウッド映画の古典をパロディにしている。『ようこそ、映画館へ』に収められている「ジェントリーズ・ジャンクション決闘」は西部劇のパロディで、本書『ゴーストタウン』の原型――とまでは言えなくても、共通点がいろいろと見受けられる作品だ。

ということで、本書『ゴーストタウン』はアメリカの西部劇をめぐる神話を題材とした作品である。主人公は「彼」としてしか紹介されない放浪のカウボーイ。西部の砂漠を馬に乗って旅し、典型的な辺境の町に引き寄せられるかのように流れ着くと、そこには西部劇の定番と言える人々がいる――酒場でクダを巻き、ポーカーで勝負をする荒くれ者たち、酒場のセクシーな美女、文法の間違いを正そうとする真面目な女教師、そして銀行強盗や列車強盗といった悪党ども。先住民も登場するが、これなども古いハリウッド映画で描かれる野蛮人のイメージと、神秘的な力を持つ自然児というイメージの混淆と言える。こうした神話的な要素に溢れた世界は舞台のセットのように人工的で、「彼」はそこで振り分けられた役を演じているだけのようにも見える。時には保安官になり、時には強盗になり、インディアンの娘と夫婦として過ごすこともあれば、酒場の女性歌手と結婚させられそうにもなる。

共訳者の筑波大学准教授・馬籠清子氏はこの小説について、「蠟人形を配置して西部劇のいくつかの場面を表現した装置が、くるくると自分の目の前に登場しては去っていき、しばらくすると同じ場面がまた近づいてくるような……」と表現してくれたが、まさにその通りであろう。いわば西部劇のテーマパークで乗り物に乗り、決められたコースを走っているかのような感じなのだ。とはいっても、ディズニーランドのような清潔なテーマパークではない。暴力的な要素、卑猥で下品な要素が思い切り誇張され、神話に隠された裏の部分を露《あら》わにする。そして、人間が作り上げた文化的構築物の中でしか生きられない我々の姿を照射して見せる。また、時に詩的な描写により築き上げられる西部の世界は実に濃密で、出版当時の書評ではコーマック・マッカーシーの作品と比べるものもあったほどだ。パロディにして、それだけでは終わらない深さを兼ね備えている点で、いかにもクーヴァーらしい佳品である。

一九三二年生まれで、長く作家として、そしてブラウン大学の創作科の教師として活躍してきたロバート・クーヴァー。日本語に訳された本としては、ほかに『ユニヴァーサル野球協会』（*The Universal Baseball Association*、原著出版一九六八年、越川芳明訳、若林出版企画、後に新潮文庫、現在は白水Uブックス）、『女中《メイド》の臀《おいど》』（*Spanking the Maid*、原著出版一九八二年、佐藤良明訳、思潮社）、『ジェラルドのパーティ』（*Gerald's Party*、原著出版一九八五年、越川芳明訳、講談社）などがある。どれもやはり既成のジャンルのパロディと言え、約束事を破壊してみせる面白さで読者を惹きつける。『ユニヴァーサル野球協会』以外はすでに絶版のようだが、作品社で訳された作品群とも合わせ、ぜひ手に取ってもらえたらと思う。

なお、本書の翻訳にあたっては、馬籠清子氏と分担し、互いの訳を読み合って仕上げていった。すでにクレア・ワトキンズ『バトルボーン』（岩波書店）などの訳のある優秀な翻訳者、馬籠氏の助けを得たことで、訳の作業に弾みがつき、質も大きく上がったはずだ。とはいえ、表現の統一など、訳文に関する最終的な決定を下したのは上岡であり、その全責任は上岡にある。

この作品では、会話を表わす引用符は使われず、代名詞が誰を指すかもわかりにくいときもある。すべてが一人の脳内で、あるいはサイバースペース内で起きているような雰囲気を出すためではないかと思われるが、それだけに訳しづらい部分は多かった。読んでいてわかりづらいときもあるかもしれないが、「彼」が表わすのはほぼ一貫して主人公のカウボーイだと考えていただければ間違いない。会話については、西部独特のきつい方言が使われ、それによって地の文と区別できるようになっており、その雰囲気もできるだけ出すように努めたつもりである。こうした英語の難解な個所などについては、馬籠氏の同僚である筑波大学准教授のジャスティン・シャルボア氏に質問させていただき、貴重な助言をいただいた。心よりお礼を申し上げる。

最後になりましたが、作品社のクーヴァー物にいつも素晴らしい装画を提供してくださるイラストレーターの華鼓さん、企画段階から校正まで我々を支えてくださった作品社の青木誠也さん、本当にありがとうございました。心からの感謝の意を表します。

二〇一七年二月二十一日

訳者代表　上岡伸雄

【著者・訳者略歴】

ロバート・クーヴァー（Robert Coover）

1932年生まれ。トマス・ピンチョン、ジョン・バース、ドナルド・バーセルミらと並び称される、アメリカのポストモダン文学を代表する小説家。邦訳に、『ようこそ、映画館へ』（越川芳明訳、作品社）、『ノワール』（上岡伸雄訳、作品社）、『ユニヴァーサル野球協会』（越川芳明訳、白水Uブックス）、『老ピノッキオ、ヴェネツィアに帰る』（斎藤兆史・上岡伸雄訳、作品社）、『ジェラルドのパーティ』（越川芳明訳、講談社）、『女中《メイド》の臀《おいど》』（佐藤良明訳、思潮社）、「グランドホテル夜の旅」、「グランドホテル・ペニーアーケード」（柴田元幸編訳『紙の空から』所収、晶文社）、「ベビーシッター」（柳下毅一郎訳、若島正編『狼の一族』所収、早川書房）などがある。

上岡伸雄（かみおか・のぶお）

1958年生まれ。アメリカ文学者、学習院大学教授。訳書に、アーサー・ミラー『存在感のある人』（早川書房）、ベン・ファウンテン『ビリー・リンの永遠の一日』（新潮社）、ハーパー・リー『さあ、見張りを立てよ』（早川書房）、フィル・クレイ『一時帰還』（岩波書店）などがある。著書、編書も多数。

馬籠清子（まごめ・きよこ）

筑波大学准教授。訳書にクレア・ワトキンズ『バトルボーン』、マイケル・カニンガム『日暮れまでに』（以上岩波書店）などがある。

ゴーストタウン

2017年3月25日初版第1刷印刷
2017年3月30日初版第1刷発行

著　者　ロバート・クーヴァー
訳　者　上岡伸雄、馬籠清子
発行者　和田肇
発行所　株式会社作品社
〒102-0072 東京都千代田区飯田橋2-7-4
TEL.03-3262-9753　FAX.03-3262-9757
http://www.sakuhinsha.com
振替口座00160-3-27183

編集担当　青木誠也
装　幀　水崎真奈美（BOTANICA）
装　画　華鼓
本文組版　前田奈々
印刷・製本　シナノ印刷株式会社

ISBN978-4-86182-623-8 C0097

落丁・乱丁本はお取り替えいたします
定価はカバーに表示してあります

【作品社の本】

海の光のクレア

エドウィージ・ダンティカ著　佐川愛子訳

七歳の誕生日の夜、煌々と輝く満月の中、
父の漁師小屋から消えた少女クレアは、どこへ行ったのか――。
海辺の村のある一日の風景から、
その土地に生きる人びとの記憶を織物のように描き出す。
全米が注目するハイチ系気鋭女性作家による、最新にして最良の長篇小説。

ISBN978-4-86182-519-4

地震以前の私たち、地震以後の私たち
それぞれの記憶よ、語れ

エドウィージ・ダンティカ著　佐川愛子訳

ハイチに生を享け、アメリカに暮らす気鋭の女性作家が語る、母国への思い、
芸術家の仕事の意義、ディアスポラとして生きる人々、
そして、ハイチ大地震のこと――。
生命と魂と創造についての根源的な省察。
カリブ文学OCMボーカス賞受賞作。

ISBN978-4-86182-450-0

骨狩りのとき

エドウィージ・ダンティカ著　佐川愛子訳

1937年、ドミニカ。
姉妹同様に育った女主人には双子が産まれ、愛する男との結婚も間近。
ささやかな充足に包まれて日々を暮らす彼女に訪れた、運命のとき。
全米注目のハイチ系気鋭女性作家による傑作長篇。
アメリカン・ブックアワード受賞作！

ISBN978-4-86182-308-4

愛するものたちへ、別れのとき

エドウィージ・ダンティカ著　佐川愛子訳

アメリカの、ハイチ系気鋭作家が語る、
母国の貧困と圧政に翻弄された少女時代。愛する父と伯父の生と死。
そして、新しい生命の誕生。感動の家族愛の物語。全米批評家協会賞受賞作！

ISBN978-4-86182-268-1

【作品社の本】

ランペドゥーザ全小説　附・スタンダール論

ジュゼッペ・トマージ・ディ・ランペドゥーザ著　脇功、武谷なおみ訳

戦後イタリア文学にセンセーションを巻きおこした
シチリアの貴族作家、初の集大成！
ストレーガ賞受賞長編『山猫』、傑作短編「セイレーン」、
回想録「幼年時代の想い出」等に加え、
著者が敬愛するスタンダールへのオマージュを収録。

ISBN978-4-86182-487-6

人生は短く、欲望は果てなし

パトリック・ラペイル著　東浦弘樹、オリヴィエ・ビルマン訳

妻を持つ身でありながら、不羈奔放なノーラに恋するフランス人翻訳家・ブレリオ。
やはり同様にノーラに惹かれる、
ロンドンで暮らすアメリカ人証券マン・マーフィー。
英仏海峡をまたいでふたりの男の間を揺れ動く、運命の女《ファム・ファタール》。
奇妙で魅力的な長篇恋愛譚。フェミナ賞受賞作！

ISBN978-4-86182-404-3

ボルジア家

アレクサンドル・デュマ著　田房直子訳

教皇の座を手にし、アレクサンドル六世となるロドリーゴ、
その息子にして大司教／枢機卿、
武芸百般に秀でたチェーザレ、フェラーラ公妃となった奔放な娘ルクレツィア。
一族の野望のためにイタリア全土を戦火の巷にたたき込んだ、
ボルジア家の権謀と栄華と凋落の歳月を、文豪大デュマが描き出す！

ISBN978-4-86182-579-8

メアリー・スチュアート

アレクサンドル・デュマ著　田房直子訳

三度の不幸な結婚とたび重なる政争、十九年に及ぶ監禁生活の果てに、
エリザベス一世に処刑されたスコットランド女王メアリー。
悲劇の運命とカトリックの教えに殉じた、孤高の生と死。
文豪大デュマの知られざる初期作品、本邦初訳。

ISBN978-4-86182-198-1

【作品社の本】

名もなき人たちのテーブル

マイケル・オンダーチェ著　田栗美奈子訳

わたしたちみんな、おとなになるまえに、おとなになったの――

11歳の少年の、故国からイギリスへの3週間の船旅。

それは彼らの人生を、大きく変えるものだった。

仲間たちや個性豊かな同船客との交わり、従姉への淡い恋心、

そして波瀾に満ちた航海の終わりを不穏に彩る謎の事件。

映画『イングリッシュ・ペイシェント』原作作家が描き出す、

せつなくも美しい冒険譚。

ISBN978-4-86182-449-4

分解する

リディア・デイヴィス著　岸本佐知子訳

リディア・デイヴィスの記念すべき処女作品集！

「アメリカ文学の静かな巨人」の

ユニークな小説世界はここから始まった。

ISBN978-4-86182-582-8

サミュエル・ジョンソンが怒っている

リディア・デイヴィス著　岸本佐知子訳

これぞリディア・デイヴィスの真骨頂！

強靭な知性と鋭敏な感覚が生み出す、摩訶不思議な56の短編。

ISBN978-4-86182-548-4

話の終わり

リディア・デイヴィス著　岸本佐知子訳

年下の男との失われた愛の記憶を呼びさまし、

それを小説に綴ろうとする女の情念を精緻きわまりない文章で描く。

「アメリカ文学の静かな巨人」による傑作。待望の長編！

ISBN978-4-86182-305-3

【作品社の本】

隅の老人【完全版】

バロネス・オルツィ著　平山雄一訳

元祖“安楽椅子探偵”にして、もっとも著名な“シャーロック・ホームズのライバル”。

世界ミステリ小説史上に燦然と輝く傑作「隅の老人」シリーズ。

原書単行本全3巻に未収録の幻の作品を新発見！　本邦初訳4篇、戦後初改訳7篇！

第1、第2短篇集収録作は初出誌から翻訳！　初出誌の挿絵90点収録！

シリーズ全38篇を網羅した、世界初の完全版1巻本全集！　詳細な訳者解説付。


ISBN978-4-86182-469-2

被害者の娘

ロブリー・ウィルソン著　あいだひなの訳

同窓会出席のため、久しぶりに戻った郷里で遭遇した父親の殺人事件。

元兵士の夫を自殺で喪った過去を持つ女を翻弄する、苛烈な運命。

田舎町の因習と警察署長の陰謀の壁に阻まれて、迷走する捜査。

十五年の時を経て再会した男たちの愛憎の桎梏に、絡めとられる女。

亡き父の知られざる真の姿とは？　そして、像を結ばぬ犯人の正体は？


ISBN978-4-86182-214-8

孤児列車

クリスティナ・ベイカー・クライン著　田栗美奈子訳

91歳の老婦人が、17歳の不良少女に語った、あまりにも数奇な人生の物語。
火事による一家の死、孤児としての過酷な少女時代、ようやく見つけた自分の居場所、
長いあいだ想いつづけた相手との奇跡的な再会、そしてその結末……。
すべてを知ったとき、少女モリーが老婦人ヴィヴィアンのために取った行動とは——。
感動の輪が世界中に広がりつづけている、全米100万部突破の大ベストセラー小説！

ISBN978-4-86182-520-0

ハニー・トラップ探偵社

ラナ・シトロン著　田栗美奈子訳

「エロかわ毒舌キュート！　ドジっ子女探偵の泣き笑い人生から
目が離せません（しかもコブつき）」——岸本佐知子さん推薦。
スリルとサスペンス、ユーモアとロマンス——一粒で何度もおいしい、
ハチャメチャだけど心温まる、とびっきりハッピーなエンターテインメント。

ISBN978-4-86182-348-0

【作品社の本】

ストーナー

ジョン・ウィリアムズ著　東江一紀訳

「これはただ、ひとりの男が大学に進んで教師になる物語にすぎない。
しかし、これほど魅力にあふれた作品は誰も読んだことがないだろう」トム・ハンクス。
半世紀前に刊行された小説が、いま、世界中に静かな熱狂を巻き起こしている。
名翻訳家が命を賭して最期に訳した、“完璧に美しい小説”
第1回日本翻訳大賞「読者賞」受賞！

ISBN978-4-86182-500-2

黄《よ》泉《み》の河にて

ピーター・マシーセン著　東江一紀訳

「マシーセンの十の面が光る、十の周密な短編」青山南氏推薦！
「われらが最高の書き手による名人芸の逸品」ドン・デリーロ氏激賞！
半世紀余にわたりアメリカ文学を牽引した作家／ナチュラリストによる、
唯一の自選ベスト作品集。

ISBN978-4-86182-491-3

蝶たちの時代

フリア・アルバレス著　青柳伸子訳

ドミニカ共和国反政府運動の象徴、ミラバル姉妹の生涯！
時の独裁者トルヒーリョへの抵抗運動の中心となり、命を落とした長女パトリア、
三女ミネルバ、四女マリア・テレサと、ただひとり生き残った次女デデの四姉妹
それぞれの視点から、その生い立ち、家族の絆、恋愛と結婚、
そして闘いの行方までを濃密に描き出す、傑作長篇小説。
全米批評家協会賞候補作、アメリカ国立芸術基金全国読書推進プログラム作品。

ISBN978-4-86182-405-0

老首長の国　ドリス・レッシング アフリカ小説集

ドリス・レッシング著　青柳伸子訳

自らが五歳から三十歳までを過ごしたアフリカの大地を舞台に、入植者と現地人との葛藤、
古い入植者と新しい入植者の相克、巨大な自然を前にした人間の無力を、
重厚な筆致で濃密に描き出す。ノーベル文学賞受賞作家の傑作小説集！

ISBN978-4-86182-180-6

【作品社の本】

逆さの十字架

マルコス・アギニス著　八重樫克彦、八重樫由貴子訳

アルゼンチン軍事独裁政権下で
警察権力の暴虐と教会の硬直化を激しく批判して発禁処分、
しかしスペインでラテンアメリカ出身作家として初めてプラネータ賞を受賞。
欧州・南米を震撼させた、アルゼンチン現代文学の巨人
マルコス・アギニスのデビュー作にして最大のベストセラー、待望の邦訳！

ISBN978-4-86182-332-9

天啓を受けた者ども

マルコス・アギニス著　八重樫克彦、八重樫由貴子訳

合衆国南部のキリスト教原理主義組織と、
中南米一円にはびこる麻薬ビジネスの陰謀。
アメリカ政府と手を結んだ、南米軍事政権の恐怖。
アルゼンチン現代文学の巨人マルコス・アギニスの圧倒的大長篇。
野谷文昭氏激賞！

ISBN978-4-86182-272-8

マラーノの武勲

マルコス・アギニス著　八重樫克彦、八重樫由貴子訳

「感動を呼び起こす自由への賛歌」――マリオ・バルガス＝リョサ絶賛！
16～17世紀、南米大陸におけるあまりにも苛烈なキリスト教会の異端審問と、
命を賭してそれに抗したあるユダヤ教徒の生涯を、壮大無比のスケールで描き出す。
アルゼンチン現代文学の巨匠アギニスの大長篇、本邦初訳！

ISBN978-4-86182-233-9

誕生日

カルロス・フエンテス著　八重樫克彦、八重樫由貴子訳

過去でありながら、未来でもある混沌の現在＝螺旋状の時間。
家であり、町であり、一つの世界である場所＝流転する空間。
自分自身であり、同時に他の誰もである存在＝互換しうる私。
目眩《めくる》めく迷宮の小説！
『アウラ』をも凌駕する、メキシコの文豪による神妙の傑作。

ISBN978-4-86182-403-6

【作品社の本】

悪い娘《こ》の悪戯《いたずら》

マリオ・バルガス＝リョサ著　八重樫克彦、八重樫由貴子訳

50年代ペルー、60年代パリ、70年代ロンドン、80年代マドリッド、そして東京……。
世界各地の大都市を舞台に、ひとりの男がひとりの女に捧げた、
40年に及ぶ濃密かつ凄絶な愛の軌跡。
ノーベル文学賞受賞作家が描き出す、あまりにも壮大な恋愛小説。

ISBN978-4-86182-361-9

チボの狂宴

マリオ・バルガス＝リョサ著　八重樫克彦、八重樫由貴子訳

1961年5月、ドミニカ共和国。
31年に及ぶ圧政を敷いた稀代の独裁者、トゥルヒーリョの身に迫る暗殺計画。
恐怖政治時代からその瞬間に至るまで、
さらにその後の混乱する共和国の姿を、待ち伏せる暗殺者たち、
トゥルヒーリョの腹心ら、排除された元腹心の娘、そしてトゥルヒーリョ自身など、
さまざまな視点から複眼的に描き出す、圧倒的な大長篇小説！

ISBN978-4-86182-311-4

無慈悲な昼食

エベリオ・ロセーロ著　八重樫克彦、八重樫由貴子著

「タンクレド君、頼みがある。ボトルを持ってきてくれ」地区の人々に昼食を施す教会に、
風変わりな飲んべえ神父が突如現われ、表向き穏やかだった日々は風雲急。
誰もが本性をむき出しにして、上を下への大騒ぎ！
神父は乱酔して歌い続け、賄い役の老婆らは泥棒猫に復讐を、
聖具室係の養女は平修女の服を脱ぎ捨てて絶叫！
ガルシア＝マルケスの再来との呼び声高いコロンビアの俊英による、
リズミカルでシニカルな傑作小説。

ISBN978-4-86182-372-5

顔のない軍隊

エベリオ・ロセーロ著　八重樫克彦、八重樫由貴子訳

ガルシア＝マルケスの再来と謳われるコロンビアの俊英が、
母国の僻村を舞台に、今なお止むことのない武力紛争に翻弄される
庶民の姿を哀しいユーモアを交えて描き出す、傑作長篇小説。
スペイン・トゥスケツ小説賞受賞！　英国「インデペンデント」外国小説賞受賞！

ISBN978-4-86182-316-9

【作品社の本】

ようこそ、映画館へ

ロバート・クーヴァー著　越川芳明訳

西部劇、ミュージカル、チャップリン喜劇、
『カサブランカ』、フィルム・ノワール、カートゥーン……。
あらゆるジャンル映画を俎上に載せ、解体し、魅惑的に再構築する！
ポストモダン文学の巨人がラブレー顔負けの過激なブラックユーモアでおくる、
映画館での一夜の連続上映と、ひとりの映写技師、そして観客の少女の奇妙な体験！

ISBN978-4-86182-587-3

ノワール

ロバート・クーヴァー著　上岡伸雄訳

“夜を連れて”現われたベール姿の魔性の女《ファム・ファタール》「末亡人」とは何者か!?
彼女に調査を依頼された街の大立者「ミスター・ビッグ」の正体は!?
そして「君」と名指される探偵フィリップ・M・ノワールの運命やいかに!?
ポストモダン文学の巨人による、フィルム・ノワール／ハードボイルド探偵小説の、
アイロニカルで周到なパロディ！

ISBN978-4-86182-499-9

老ピノッキオ、ヴェネツィアに帰る

ロバート・クーヴァー著　斎藤兆史、上岡伸雄訳

晴れて人間となり、学問を修めて老境を迎えたピノッキオが、
故郷ヴェネツィアでまたしても巻き起こす大騒動！
原作のオールスター・キャストでポストモダン文学の巨人が放つ、
諧謔と知的刺激に満ち満ちた傑作長篇パロディ小説！

ISBN978-4-86182-399-2

悪しき愛の書（近刊）

フェルナンド・イワサキ著　八重樫克彦・八重樫由貴子訳

バルガス＝リョサ、筒井康隆らが高く評価する
“ペルーの鬼才”による、ふられ男の悲喜劇。
ダンテ、セルバンテス、スタンダール、ボルヘス、トルストイ、
パステルナーク、ナボコフなどの名作を巧みに取り込んだ、
日系小説家によるユーモア満載の傑作長篇！

ISBN978-4-86182-632-0